自我激勵心法

我不是天才 我是好人才

43則小故事，積極主動、勇敢出擊，C咖也能變A咖！

戴晨志／著

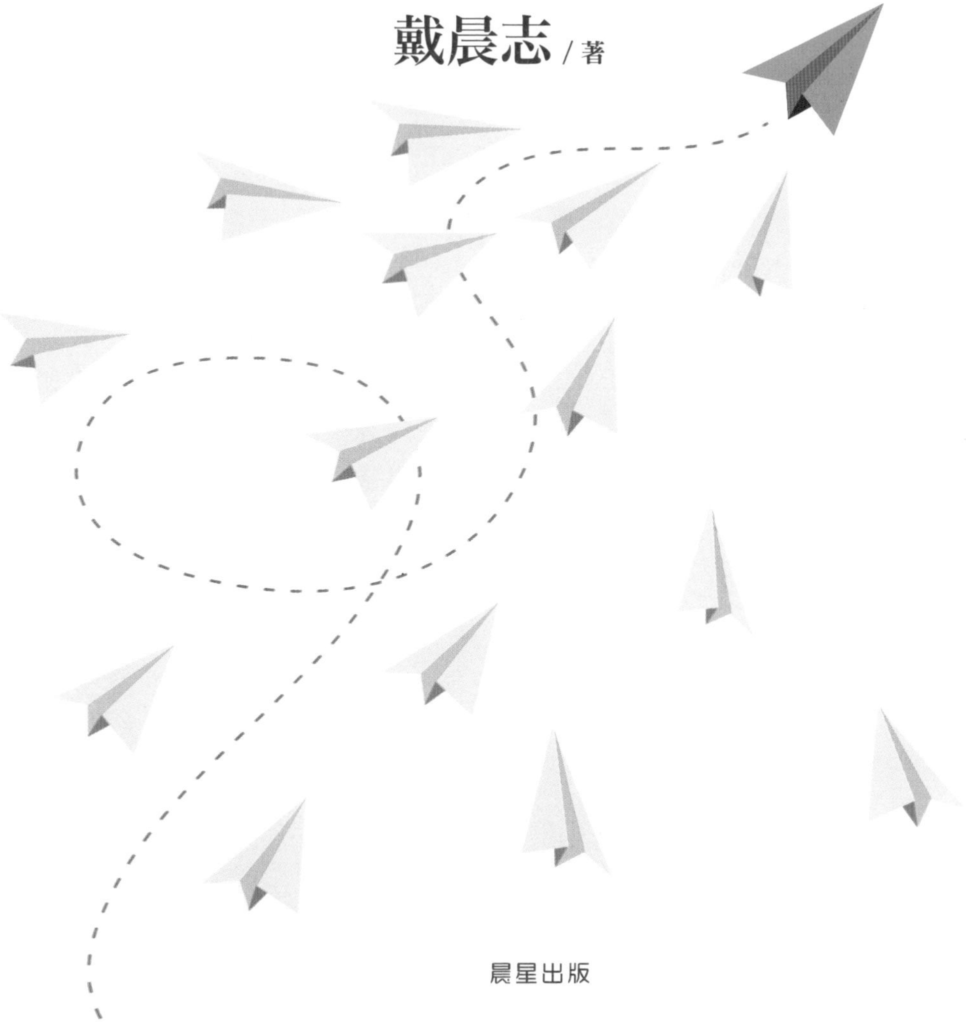

晨星出版

目錄

PART 2

態度，一輩子的寶藏

目錄

PART 3

夢想，留給想贏的人

PART 4

努力，就會出人頭地

PART 5

專注，才能成就大事

自序

我是C咖，但我一定會成爲A咖

戴晨志

應馬來西亞一家保險分公司主管的邀請，在一個周日下午二時，於該公司的訓練教室進行激勵演講。這個教室大約可以容納二百人，經理說，同仁們應可以全部坐滿。

我在一點四十分抵達，可是，只有不到三分之一的人前來。兩點鐘要開始了，也差不多只有坐了一半的人。經理說：「再等一下吧，大家都習慣遲到……」

兩點十五分了，開始吧，不必再等了，以免浪費大家的時間。

一開場，我站上演講台，拿著麥克風，對台下保險代理員說：「我很失望……看看現在，還有很多人姍姍來遲……如果你跟客戶約見面，你可以遲到嗎？……如果你遲到二十分，客戶會喜歡你、會和你成交嗎？」

我又說：「『感動，是成交的開始』，客戶沒感動，怎麼可能掏出錢買你的產品？……身爲保險業務人員，要懂得先讓客戶感動，才可能成交。你們剛剛看到我一點四十分到達會場，可是你們都不知道，我昨天傍晚，我已經來過這個現場：經理應我要求，陪我先來這裡看過場地、測過麥克風、音響、投影機……因爲，經理花很多錢邀請我來演講，我就必須認眞、用心把它當成一回事……我的做事原則就是──『不將就、要講究』、『要做，就要做到最好的……』」。

◆積極，是成功的開始

我站在台上，看著台下，一些保險同仁又陸續慢慢的進場，唉……

我又說：「我曾經在上海三千人的保險大會上，遇見一位講師，他原本是北京的一名腦神經外科醫生，但後來他放棄醫生的工作，改行做保險，而且做到最頂尖。爲什麼他要改行？因爲他說──『我當醫生，就只救一個人的性命；但我做保險、理財，我是救一個家庭的經濟命脈！』這句話，給我很大的震撼。」

「各位同仁，我們都要看好自己、壯大自己，不能小看自己！或許別人看不起你是做保險的，但是，我要告訴大家，做保險，是一件很神聖、很偉大的事業，大家說對不對？」

「對！」台下所有同仁都大聲齊喊。

「做保險跟醫生一樣，都是最棒、最神聖、最偉大的，對不對？」

「對！」

「我們都是在幫助別人、我們都是有使命的，對不對？」

「對！」

◆不能只是「不錯」，而是要「卓越」

在一番陳述、期勉與激情之後，我讓同仁看了一些短影片；經理走了過來，小聲地對我說：「戴老師，謝謝你，謝謝你幫我罵他們、訓他們，也把大家的士氣都激發了上來……我平常講，他們都不聽，每天懶懶散散的，謝謝你幫我把他們罵醒……等一下，除了講師費之外，我再送給你一個大紅包，謝謝你……」

其實，做任何一個行業，不能「隨便、普通」，或是「不錯」；要做，就要做到「頂尖、卓越、傑出」，才能被人看得起！

當然，做任何行業都是辛苦的，也都是有壓力的；但是，壓力是成長的動力啊！

- **感動，是成交的開始。**
- **計較，是貧窮的開始。**
- **積極，是成功的開始。**
- **抱怨，是失敗的開始。**

◆要知道自己是什麼咖？

有一次，我到一家美髮連鎖店演講，老闆在我演講後，對著全體員工說：「美髮業競爭非常厲害，你們絕對不能懶散，除了要精進美髮手藝之外，也要懂得拉攏客戶的心！你們知道嗎，『**沒有特色、就是垃圾！**』

我一聽，震懾了一下，「**沒有特色，就是垃圾。**」但是，只要服務好、技術佳、嘴巴甜，懂得客人的需求，客人是搶不走的！

然而，專業技術、人際互動、表達溝通，都是需要學習的。因爲，我們都不是「天才」，但我們卻要成爲有用的「好人才」。

或許，我們不是頂尖、唸博士的料，我們也不是什麼音樂家、科學家、大導演的料；但，我們都要誠實面對自己，「知道自己是什麼咖？」

即使，我們只是「C咖」，但因著我們的努力、用心、積極、專業、誠懇……我們一定可以慢慢成爲「B咖」，甚至成爲「A咖」。

人生，不一定要求快，但要穩紮穩打。

因爲，**自古成功靠勤奮**。我們都要設定夢想與目標，千萬別淪陷於網路、手機，而忘了規劃未來啊！

（備註：本書原名《壯大自己，讓人看得起》（時報出版），因合約到期，承蒙晨星出版社的美意，重新編排、設計，內容也由作者整編增刪、改寫，以全新風貌重新出版，謹此致謝！）

PART 1

勇敢，才有致勝機會

勇敢出擊，路就無限寬廣

成功，屬於勇敢出擊的人

「積極、主動、熱情」
是成功的必備條件。
人，就是要「愈挫愈勇」、
「打落牙齒和血吞」，不是嗎？
因為，命運的女神，
只會幫助「勇敢行動的人」。
我們不能當個
「缺乏勇氣、光說不練的天才」啊！

THE ROAD TO SUCCESS

01

生命即使有挫折，依然要充滿微笑

- 勇氣，是成功的最佳動力。
- 勇敢度過低潮，事情絕不會那麼糟。

轉念

有一個國中生，在作文簿上寫著：「我的阿媽是一個七十五歲的老年婦人……」老師在批改時，覺得此句話唸起來有點累贅，就用紅筆把「老年」兩個字圈起來，並在旁邊寫了「多餘的」三個字，然後把作文簿發還給學生，要他重新修正。

第二天，該生修改好文句之後，交回給老師看，只見上面寫著：「我的阿媽是一個七十五歲的多餘的老年婦人……」

哈，這學生眞是天眞得很可愛啊！

其實，我們都不能成爲一個「多餘的」人，我們每個人都有自己的價值，因爲「天生我材必有用」啊！有些人雖然肢體殘障、聽障，或是眼盲，但他們都「活出自己的價值」啊！

人生之中，都會有生命的低潮，也會遇到許多挫折與困頓，但是，「勇氣」是一個人邁向成功的動力。

一個人若缺乏勇氣，在生命低潮期也自我退縮、輕言放棄和缺席，則很容易被命運惡神打敗！相反地——

「勇於改變、勇於突破；
轉換念頭、正向思考、控制情緒」，
就會使自己絕處逢生、走出人生的谷底。

所以，在我們遇到困境時，可以學習「呼吸法」，來面對自己的困境和情緒。什麼是「呼吸法」呢？就是要學習和自己的內心對話，做自我溝通和激勵。

在「吸氣」時，要坦然地接納自己不舒服、不愉快的感覺，找出原因接受它、克服它、打敗它！在「呼氣」時，必須把不好的思緒和負面想法呼出去，以積極、樂觀、陽光的態度，來面對它。

因爲，只要我勇敢度過低潮期，一切都會過去，事情絕對不會如同想像中那樣糟糕，事情一定會愈來愈圓滿。

已過世、罹患癌症的中國時報記者冉亮小姐曾說：「我最不喜歡讓自己跌入 depression 當中。每當我感到沮喪將要籠罩我時，我就必須趕快採取行動，阻擋它的來臨——好似出於直覺地，有時我會拿起電話來進行訪談……」

嗯，這是多麼棒的「轉念」！當預知心情沮喪快來時，趕快以行動來驅趕它，打打電話，心情會更好。我們也可以出去兜風、打球、洗個澡、逛個街、看場電影……

一念之間，一個立即行動，心境就可以改變，困境也可能脫離。因為，即使生命有挫折，臉上依然要掛著微笑。想法愈正面、態度愈積極，人的運氣就會愈來愈好啊！

YES

好人才的成功信念

- 我們必須學習「看得開的生命力」。
- 「得不足喜，失不足憂」，開心勇敢面對一切。
- 凡事用心投入，「敢向天要，不與人爭。」

02

勇敢跨出腳步，就必能碰到好運

- 熱情、又有活力，好好迎接今天。
- 願乘長風、破萬里浪！

實踐

有個男英文老師，抱著一大堆考卷，匆忙地走進教室，可是，他瞄了一下同學，咦？……奇怪，怎麼這些同學一個也不認識？

「噢，對不起，走錯教室了！」英文老師喃喃自語地說著，也轉頭走出教室。

當老師再看一眼門口的班級牌時，疑惑地說：「沒錯呀，是高三忠班呀……」

正當老師一臉疑惑時，只見全班學生一起大喊：「祝老師愚人節快樂！」

另有一班，當女地理老師在黑板上畫著簡單地圖時，座位上的兩個男生一言不合，就大打出手——「你偷我的筆幹什麼？」

「我哪有偷你的筆？我只是借用一下而已！」

「你借用一下不會講啊？你以爲你是誰啊？……」

當這兩個男生扭打在一起時，女老師走過來勸架，好言相勸了老半天，滿頭是汗，突然間，兩個男生笑嘻嘻地相互擊掌，而全班同學也一齊喊著：「祝老師愚人節快樂！」

年輕時，每個人都有許多快樂的回憶，但成長後，每個人的生命都過得不一樣，有人大有成就，有人則是平淡無奇，落魄潦倒……

南北朝時期，宋國有個著名的武將，名叫宗慤，他從小就有雄心壯志；有一次，他的叔叔宗炳問他：「你長大後想做什麼？」

宗慤回答說：**「願乘長風、破萬里浪！」**

後來，宗慤因智勇雙全，得到朝廷的器重，而被封爲「左衛將軍」。

而我們常說的「乘風破浪」一詞，就是出自《宋書．宗慤傳》。

的確，每個人的生命都要「乘長風、破萬里浪」，而且要告訴自己——

「我，要積極、主動、熱情、又有活力，好好迎接今天！」

「我，只要勇敢跨出腳步、努力實踐，就一定可以碰到好運！」

「別放棄自己，我要乘長風、破萬里浪，讓別人刮目相看。」

我不是游泳高手，不太會游泳，但是我知道，游泳教練常會教學習游泳者「立泳」；也就是利用雙腳、雙手不斷地踢水和划水，使自己能「暫時浮立在水中」，而不至於下沉。

可是，游泳選手不能一直在水中「立泳」，否則，他們只有不斷地踢水、划水，在原地浮沉，哪裡也去不成啊！人，也是一樣，不能只是在「原地踏步」，而不再往前邁進啊！

不管是蛙式、自由式、蝶式、仰式……都可以到達終點，但只有「立泳」不行。所以，**人不能一直「立泳」，必須望著前方，不斷「打造具體的夢想」，而且，以實際行動、付諸實踐，才是贏家！**

YES

好人才的成功信念

- **不要淪為「講得多、做得少」、缺乏冒險精神的人。**
- **只要你說能，你就一定能，別說不可能。**
- **人生最大的光榮，在於屢仆屢起、屢敗屢戰。**

03

命運的女神，只幫助勇敢行動的人

- 別讓自己「喪失了生命的熱情」。
- 愈挫愈勇，打落牙齒和血吞。

行動

有一天，一位國中國文老師出了一道題目，要同學們寫一首有關「鳥」的詩。啊……怎麼辦？鳥的詩要怎麼寫？真的不會寫呀！

後來，一位男同學就寫道：

「鳥，鳥飛，鳥會飛，鳥真的很會飛，鳥實在真的很會飛！」

老師看了這首「鳥詩」，就給這個同學寫下評語——

「魚，摸魚，你摸魚，你真的很會摸魚，你實在真的很會摸魚！」

哈，有人會說「鳥話」，也有人會寫「鳥詩」，真是各有所長啊！

話說回來，每個人真的都要有一兩項謀生的技能，才能快樂地生活。

有個年輕人，他早年是唸專科學校電子科的；可是他的成績不太好，一直找不到合適的工作。一天傍晚，他很無聊地在街上走路，突然有一陣風吹來，也把一張報紙吹到他的腳上。他甩呀甩，報紙就是甩不掉，一直黏在他的腳上。

後來，這年輕人只好彎下腰，撿起腳上的報紙，也隨手攤開報紙看一看。忽然間，他看到了人事廣告版，有一家即將在深圳設廠的電子公司，正在招考有電子背景的人員。

於是，他去應徵了，也被錄取，去了大陸深圳工作。

這年輕人在深圳全心投入，開疆闢土、建廠生產，也獲得長官的肯定與賞識，職位不斷地高升。如今，他已經是這家公司的高階主管。

世上最糟糕的事，不是破產，
而是自己「喪失了生命的熱情」，沒有了目標與渴望。
人只要保有積極主動、永不退卻的熱情，
即使失去了一切，仍舊可以東山再起。

日本有一位馬拉松好手有森裕子，喜歡以「四個ＣＨ」作爲自己的座右銘。什麼是「四個ＣＨ」呢？就是——

「Pinch（危機），Chance（良機），Change（改變），Challenge（挑

戰）」

意即——「在遇見困難時，就是機會即將來臨的時刻，我們都要改變自己、裝備自己，來接受挑戰！」

年輕人不能畢業即失業；**經濟不景氣，你我要更爭氣、更努力呀！**

因爲，「**積極、主動、熱情**」是成功的必備條件啊！

人，就是要「愈挫愈勇」、「打落牙齒和血吞」，不是嗎？

因爲，**命運的女神，只會幫助「勇敢行動的人」**。

我們不能當個「缺乏勇氣、光說不練的天才」啊！

YES

好人才的成功信念

- **專注力，是勝負的最重要關鍵。**
- **命運的女神，只會幫助「勇敢行動的人」。**
- **挫折與失敗，是通往成功的踏腳石。**

04

成功沒有奇蹟，只有不斷累積

- 令人刮目相看的人，是最快樂的。
- 寧願少同情，奮力奔前程。

累積

阿美結婚後一星期，才發現，她所嫁的先生是一個眼睛看不見的人。她先生的兩眼中，有一眼是裝著「義眼」，那只是個裝飾品，是看不見東西的。

阿美心裡很不高興，就找當時的媒人理論：「妳幹嘛騙人？……他明明有一隻眼睛是盲的，是看不見的，妳爲什麼要瞞我、騙我？」

媒人委屈地說：「我怎麼沒告訴妳？……妳想想看，妳們第一次見面、相親之後，我就跟妳說，他『一眼就看中妳了』；當時，妳自己聽了也很高興啊！」

眞的，要「認清人、看清人」是很不容易的，所以人常常會「看走眼」。

在印度，有個女人名叫「琦蓉」（Kiran Mazumdar-Shaw），她在二十六年前，是一個找不到工作的釀造師，每天貧窮如洗，都是在掙扎中過日子。可是，在一個機緣下，她接觸到「生化科技」的工作，也孤單、辛苦地草創事業，在她積極努力經營下；如今，她的公司裡有二千多名員工，而她也成爲「印度最有錢的女人」，被稱爲「印度生技皇后」。

琦蓉創辦的生化科技公司於二〇〇四年上市，創造三百三十億元市值，個人身價也超過新台幣一百五十億元。

有首偈語說：「我有明珠一顆，久被塵勞封鎖，今朝塵盡光生，照破山河萬朵。」

的確，我們每個人身上都有明珠一顆，也都有無限潛力，只是我們有時因著凡務俗事羈絆、被塵勞封鎖，以致未曾發揮潛力，也未讓明珠發光。

我常會覺得，**「令人刮目相看的人」**是最快樂的。

假如，我們被貼「負面標籤」、被輕視，或被瞧不起，而自己卻沒有能力突破、無法扭轉劣勢，始終沒有亮麗的成績表現，甚至只能被輕視一輩子，那是多麼可惜、可悲啊！

所以，我們必須學習——**「寧願少同情，奮力奔前程！」**只有自力更生、加倍奮鬥、盡力求表現，才能使人刮目相看，也讓自己風光地創造美麗前程。

俗話說：「肯吃苦，苦半輩子；不吃苦，苦一輩子。」
所以，我們「寧可辛苦一陣子，不要可憐一輩子啊！」

你知道嗎，人生有人拿到好牌——有千億家產的家世背景，有富爸爸、富媽媽的呵護；可是，拿到好牌，卻不一定是成功的保證啊！

有些富二代，開著千萬超跑名車，卻因超速而撞得七八爛、甚至起火，燒成焦黑，成爲一堆廢鐵；也有富二代賭博輸錢、輸掉幾十億，而被黑道追殺、落跑、不見人影……

反而是那些拿到壞牌的人，往往是創造生命奇蹟的人。因爲拿到壞牌，沒金湯匙、沒退路，只有辛苦的不斷吃苦，才能創造自己的幸福。

好人才的成功信念

- 令人刮目相看的人，是最快樂的。
- 逆境中，每次的奮鬥與挑戰，都含藏著祝福。
- 拿到壞牌的人，往往是創造奇蹟的人。

05

勇敢出拳的人，才有致勝的機會

● 在低潮中，我們不能一直哀聲自嘆。

● 當一個「不停地跳躍、出拳的拳擊手」。

勇敢

有個國中生，每天面對一大堆英文、數學、物理、化學等作業，煩死了！

一天，當女英文老師又罵他不背英文單字時，他生氣地回答說：「老師，我現在正是『青春期』，個性很衝、很叛逆，妳最好不要惹我哦！」

女英文老師一聽，氣死了，大聲地說：

「哼，青春期有什麼了不起？我告訴你，我現在正是『更年期』呢！你知道嗎，更年期的人，脾氣很暴躁、火氣很大，你曉不曉得？你要不要來試試看呀？」

哈，你「青春期」，我「更年期」，大家脾氣都很大。然而，我們都要「先降火氣」，學習尊重別人，學習看到他人的優點。

同時，每個人都會有人生的低潮，但是，在低潮和挫折中，我們不能一直哀聲自嘆、自憐！

曾有一位業務員說，他經常被客戶拒絕；打了許多次電話，總是得不到客戶的青睞和訂單。

但是，他說：「當我被拒絕時，我只給自己三秒鐘的時間去自憐！三秒鐘一到，我就立刻吸了一大口氣、改變心情，再繼續打電話給下一個客戶。因爲，我不能一直在悲悽自憐呀！」

每個人的ＥＱ智慧不同，在挫敗中，有人「三秒鐘」可以轉念，有人卻「三天、三週、三個月」都耿耿於懷，走不出悲傷，自怨自艾、痛苦不已！可是，每個人都要學習「化解自我危機」呀！

看過「擂台上的拳擊手」嗎？他們都必須鬥志昂揚地不停跳躍！他們絕不能停止跳躍、停止揮拳；因爲，沒有不停地跳躍、不停地揮拳、只站立防守，是不可能得分、不可能有致命一擊的。

人不能自怨自嘆，必須勇敢奮起，
要當一個「不停地跳躍、出拳的拳擊手」。

剛剛挨了一拳沒關係，甩掉頭上的汗水、咬緊牙套，眼睛狠狠地注視對方、看準對方，總會有成功出擊的時候。因爲，不停地勇敢出拳的人，一定比不出拳的人，有更多的致勝機會！

一個人，唯有不斷出拳、壯大自己，才不會被人瞧不起！

一家公司，只要做出傲人業績、領先群倫，自然令人刮目相看。

一個國家，只要團結一致地展現雄厚實力，自然被人看重、尊敬；而其國人，也才不會被瞧不起！

眞的，每個人，都要**「在逆境中，找出邁向順境的因子」**，也**「在困境中，找到通往成功的出口」**；讓自己做出教人敬佩、令人讚嘆的成績，才不會被人歧視、被看輕、被瞧不起！

YES

好人才的成功信念

- 要在困境中，找到通往成功的出口。
- 勇敢展現實力，生命就能獲得莊嚴的勝利。
- 人只活一次，不論遭遇如何，都要好好過日，珍惜每一天。

06

知識，是我們得以飛翔的羽翼

● 外貌、美色、聲名，都很難持久。

● 一生幸福，必須靠自己努力經營。

知識

有個男人要搭火車南下，他太太在火車站送行；當火車快開動時，他太太站在月台上依依不捨地揮揮手，嘴巴還微笑地說著：「來生再見，來生再見！」

月台上旁邊的人聽了，心裡都有點毛毛的，搞不懂爲什麼她會笑笑地說：「來生再見！」原來，她老公叫：「章來生」。

有的人，姓楊，叫做「楊桃」；有的人姓花，叫做「花生」；有的男人姓吳，叫做「吳月金」，名字一輩子很受困擾！

以前，我的老師說，她有個同學，姓戴，叫做「戴乃照」，名字也是很麻煩。

有個男士說，他名叫「朱玉嘉」，聽起來像「豬一家」；而且，大女兒叫朱欣（豬心），二女兒叫朱惠（豬肺），小兒子叫朱偉（豬尾）。哈，全家都是和「豬」相關的諧音。更好玩的，老婆叫什麼呢？老婆也和先生同姓，叫做「朱雪」（豬血）。

哈，這位朱先生，能以自己和家人的姓名來自嘲，眞是幽默呀！

當然，名字是父母所取的，不管如何，我們都心存感謝！

其實，名字好，不一定命就好。有些人名字很普通，甚至有人認爲很俗，但只要努力，也一樣可以很有成就，或成爲名人呀！

有些人漂亮，是老天賞賜；名字好聽，也許會讓人更有自信，但，這些都不是幸福人生的保證！

外貌、美色、聲名，甚至權力，都很難持久；自己的一生幸福，必須靠自己小心地努力學習、經營啊！

所以，美國佈道家尼布爾曾有一段知名的禱告辭說：

「神啊，請賜給我勇氣，去改變能改變的；請賜給我雅量，去接受不能接受的；同時，也請賜給我智慧，去分辨哪些是可以改變，哪些是不能改變的。」

當然，現在人若覺得名字不好，是可以更改；可是，改了名之後，命運不一定就會更好；人的生命，要靠自己勇敢去追尋、努力去彩繪呀！

可是，人有時比較懶散、懈怠，對勤奮學習新知常「知而不行」，所以台語有句諺語說：「講甲飛天鑽地，無値鋤頭落地。」意即，話講得口沫橫飛、頭頭是道，但若不去實踐，就不如眞正的「鋤頭落地、認眞開墾」。也因此——

「實踐，像一把鑰匙，可以開啟成功大門。」

「停止學習、停止創新思考，就有如停止生命。」

有時我會問自己——「我今天學到新東西了嗎？我今天讀書、收集新資料了嗎？」只要我們有心，每天閱讀一小時，吸收新知，則我們一定更加氣宇非凡。

難怪有人說：「父母給我們容貌，但嘴臉要靠自己去塑造！」

YES

好人才的成功信念

- **實踐，像鑰匙，可以開啟成功大門。**
- **停止學習、停止創新思考，就有如停止生命。**
- **父母給我們容貌，但嘴臉要靠自己去塑造。**

07

擁有好心情，人間就是天堂

● 不能當一個「負面情緒帶原者」。

● 幸福的想法，帶來幸福的人生。

正向

有位老先生得了重病，已經在加護病房裡住了三天；後來主治醫生認為，自己有告知病人病情的責任，不能再隱瞞了。

於是，這位醫生走到病床旁，很認真且嚴肅地告訴老先生：「伯伯，你的病情滿嚴重的……」

老先生一聽，眼眶不禁流下淚來。

此時，醫生很關心地再問道：「現在，你有沒有很想看、想見的人？」躺在床上、體力虛弱的老人點點頭說道：「有！」他用幾乎聽不見的聲音說：「我……我想看……另外一位……醫生。」

哈，人在快死時，也要儘量爭取自己的權益、找尋自己的生機，絕處盼能逢生；相同地，人在生氣、憤怒、快爆炸時，也要為自己的情緒「找到出口、跳出針尖」。

看看我們的社會，多少感情不順的男女，跳河、跳樓、燒炭自殺。

我也認識一中年失業的父親，家中經濟狀況不佳，居然上吊自盡；奈何他身體太重，繩子扯斷了，整個人摔了下來，以致自殺未遂。

也有一退休男老師，投資股票失利、慘賠，傷心之餘，在全身淋上汽油、點火自盡；可是，熊熊大火被撲滅了，他沒死，身上卻百分之七十被灼傷，變成殘廢的悲慘老人……

轉換心情，用陽光態度、正面思考；
幸福的想法，帶來幸福的人生。

事實上，「幸福的想法，帶來幸福、美麗的人生！」「態度對了，幸福就來了！」

眞的，一個人想要擁有幸福的人生，必先要有幸福的想法。

所以，心情難過時，千萬不要悶在心裡，趕快去看一場電影，或出去找找朋友、打通電話給好朋友、或跑跑步……

人，要學習「轉換心情」，讓負面的情緒「換跑道」，也讓自己的心情與心念趕快「轉念」。

我們絕不能當一個「負面情緒帶原者」啊！

如果，我們「經常生氣、心情悲觀」，而不懂得「**轉換心情、正向思考**」，就一定會悲上加悲呀！所以——

擁有好心情，看人看事都很喜樂，人間就是天堂；

帶著壞心情，看人看事都不高興，生活就是地獄。

天堂與地獄，我們要選擇哪一樣，都在自己的一念之間啊！

YES

好人才的成功信念

- 成功者，一定有方法；失敗者，一定有藉口。
- 路，能走多遠，看你跟誰一起走。
- 跟喜樂的人在一起，你就會更喜樂；跟悲愁的人在一起，你就會更悲愁。

08

自古天才靠勤奮

- 習慣有如雕刻師，會累積人的優缺點。
- 成功的冠冕，都是以荊棘編織而成。

勤奮

有一位個性很任性、脾氣不好的大小姐，終於找到如意郎君，要嫁人了；準女婿很高興，特別去拜見未來的岳父母。

在新娘的家裡，準岳父把準女婿叫到一旁，憂心地對他說：「你記得，結婚以後，你一定要……」

準女婿看出岳父的愁容，立刻接口說道：「我知道，我知道，結婚以後，我一定會好好照顧她、疼惜她的！」

新娘的父親聽了，搖搖頭，以同情的眼神看著女婿說：「噢，不，我的意思是說，結婚以後，你一定要……要小心，要好好照顧你自己、保護你自己……」

哈，新娘脾氣不好，準岳父特別叮嚀女婿，千萬要記得保護自己。這是一則報上的笑話，我有剪報的習慣，將它剪貼了下來。

您知道嗎，「習慣有如雕刻師」，會把一個人的優點和缺點「累積起來」，而雕塑成一個人的形象。

好習慣多了，譬如，孩子一回家就做功課，而後又拿出課外書閱讀，那麼，他一定會成爲一個愛唸書、廣泛閱讀、博覽群書的孩子。

相反地，有些人，一有空，就愛抽煙，一下班，就愛應酬喝酒，久而久之，他就染上壞習慣，也被自己雕刻、塑造成愛抽煙、酗酒的人。

我呢，我不抽煙、不喝酒，我愛閱讀、剪報、做筆記，甚至連床頭也都放著紙和筆。

最近，有一項報導指出——大量的發明，都來自夢中，所以許多科學家的床頭，也都放著紙和筆，以便在「想到」或「夢到」時，立刻記錄下來，不讓靈感忘記。

我相信，大量閱讀、勤做筆記，是一個人智慧的來源啊！

不看破，要突破！
少抱怨，多實踐！
大量閱讀、勤做筆記，是一個人智慧的來源。

其實，各行各業的人若想要成功，工作都是很辛苦的。

也因此，**「成功的冠冕，都是以荊棘編織而成。」**

一個人即使是天才，但若少了勤奮，就一定不會有榮耀、接受歡呼的一天。

所以，**「自古成功靠勉強」**、**「自古天才靠勤奮」**。

一個人只要養成好習慣，「少抱怨、多實踐」，「閉緊嘴、少說多做」，就能使自己戴上成功的冠冕。

YES

好人才的成功信念

- 人人都有夢想，但不是人人都有勇氣實現它。
- 遇到挫折與困難時，「閱讀」往往可以給你答案。
- 用心、堅持、再突破，就可以變成贏家。

09

機會的大門，將永遠為我們開啟

- 要為自己「突破窠臼、開創新局」。
- 機會，是留給用心準備好的人。

機會

有一天，我的老闆叫我到他辦公室去，一開口就嚴厲地對我說：「從明天開始，你不用來上班了！」

「爲什麼？」我問。

「因爲你電腦打這麼慢，網路科技的東西你也都不懂，叫你上台教員工如何溝通，你也講得結結巴巴……而且，你外務又那麼多，你叫我怎麼繼續用你？」

最近我早就發覺到，老闆對我不太滿意，儘管我好想努力表現，可是就是做不好；而且，我已經五十一歲了，叫我再去找工作，怎麼可能？

老闆啊，你可憐我吧，昨天晚上我才和老婆吵架；她嫌我沒出息、錢賺太少，要和我離婚；而且兒子、女兒又不愛唸書，經常在外面遊蕩。

「老闆啊，求求你不要把我開除好嗎？」我苦苦哀求著。

而且，老天啊，也求求你幫助我，讓我的人生能「重來一次」，好嗎？只要您願意讓「時光倒流十年」，我一定會努力學好電腦和英文，一定會學好網路科技、一定會有一技之長，也一定會花更多時間在老婆、小孩身上……

突然間，我老婆用力推我一把說：「志，醒一醒，你又在做惡夢了？」

我一驚醒過來，發現自己早已嚇得全身冷汗——還好，這只是一場夢，我並沒有「即將被老闆開除」。

可是，萬一這是眞的怎麼辦？當我苦苦哀求「老闆，請不要開除我」時，我好無助哦！假如有一天，我們哀求老天讓我們的人生「重來一次」、「年輕一次」，可能嗎？或「讓時間倒流」，可能嗎？

不，不可能！我們只能利用現有的時光，不斷地努力學習打拚，時光是不可能倒流的。

但只要有心爲自己「突破窠臼、開創新局」，機會的大門將永遠爲我們開啓。

君不見，每扇「機會的大門」上面，都清楚寫著「請推開」（Push）或「請拉開」（Pull）；它，一樣都會爲我們「敞開」呀！

不知您聽過清晨送報青年的腳步聲沒有？那送報青年，經常騎著機車，車未熄火，即下車用小跑步到各家分送報紙；那急促的跑步聲，常吵醒一些居民。可是，這急促的跑步聲，卻是最真實「腳踏實地」、「付諸行動」的表現啊！

一個人要想成功，必須先找到一個屬於自己的「起跑點」，然後全心全意地在這個跑道上起跑、奔馳。

所以，人不可失去「行動意志力」，因為「意志力」是成就一個人的最大動力！而且，「機會，是留給用心準備好的人！」

YES

好人才的成功信念

- 一個人不能失去「挫折容忍力」與「行動意志力」。
- 專注、堅持，才能讓別人看到你的成就。
- 機會的天使，常來造訪我們，但我們常在她走後才知道。

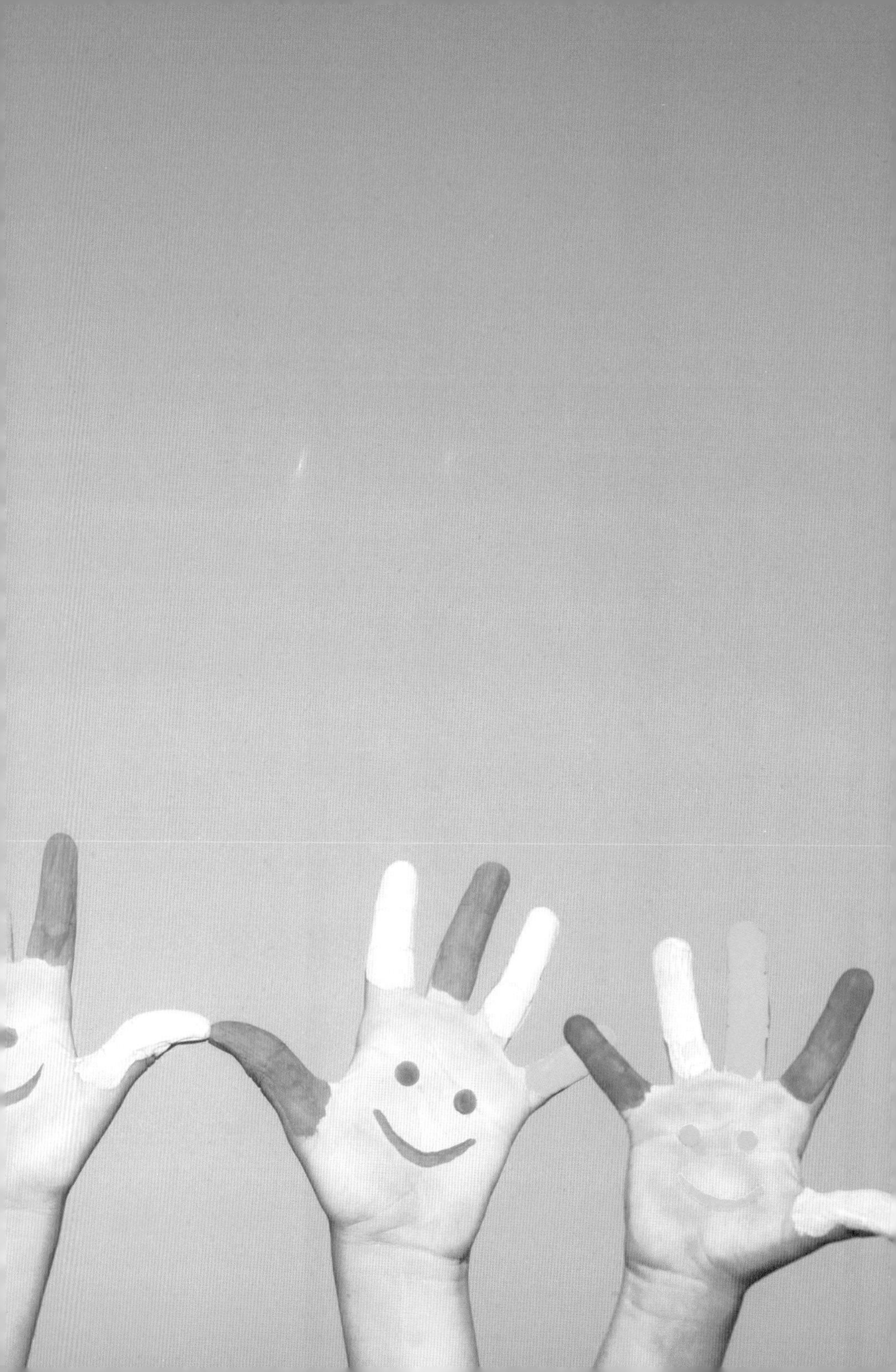

PART 2

態度，一輩子的寶藏

態度，是邁向成功之道

用心態度，勝過高學歷

現今職場成敗的關鍵，
不是「能力問題」，而是「態度問題」。
所以，有人說——
「問題不在難度，而是在態度啊！」
只要堅定信念、專注本業，
就可以讓自己的生命美夢成真。
因為自己就是一座無盡的寶藏，
只要努力深耕，就能散發出閃亮光芒。

Coffee break

10

問題不在難度，而在態度

- 愈挫愈勇、絕處逢生。
- 要有不被命運擊倒的信心與勇氣。

信心

10 問題不在難度，而在態度

大陸曾經流傳一則小故事——一群旅客剛上飛機，卻因機械故障而被空服員一一趕下飛機，畢竟安全第一，飛機需要維修啊！

可是，不到三分鐘，這一群旅客又被女空服員大聲喊著：「快，趕快上飛機啦！」

一名覺得莫名其妙的乘客問道：「怎麼這麼快就修好了？」

女空服員說：「沒修，換一個敢開的來了！」

當然，這是一則笑話！飛機壞了，沒人敢開，換一個敢開的駕駛來開了！

人生的飛機，有時也常會故障，但總要趕緊維修，把故障的原因排除，才能繼續平穩高飛。若沒有壓力、不趕緊把故障修好，大家都不用飛了，就只有空等了！

而且，**人生就像坐飛機，難免會遇上亂流！**人生豈能盡如人意？所以，西洋人說——**人生就像「剝洋蔥」。因為，剝到一定的時候，人就會掉眼淚。**（一定會遇見傷心、難過、挫敗的困境。）

台灣首富蔡萬霖先生過世了！蔡先生的身高不及一百六十公分，連小學都沒畢業，可是蔡先生常說：「我就是有恆心、有耐心、一直做下去！」就這樣，他做出了全台灣的驚人財富。

從小，蔡萬霖生活清苦，他和二哥一起賣菜、賣醬油、賣雜貨……他憑著不畏艱難、不怕苦的精神，像開飛機一樣地勇往直前。後來，他開始經營產險事業，再跨足壽險、建築業，而在商場上飛快竄起，造就了自己傳奇的一生！

一位國泰人壽的主管形容說，即使蔡萬霖笑著說話，部屬都會感受到很大的壓力！而當蔡萬霖叫部屬去問話時，大家都會很緊張；因爲，「如果老闆比你知道的還多時，你不怕嗎？」

而且，蔡萬霖叫主管來問話時，還規定「不准帶下屬一起前來」。因爲他認爲——不能自己清楚交代、或把事情完整報告的主管，是在做官，不是眞正在做事。

正因爲有這樣大的壓力，主管才會進步、員工才會戰戰兢兢，才能造就出「霖園王國」的財富與霸業呀！

「愈挫愈勇、絕處逢生」這八個字，我很喜歡，因爲它代表一個人有「不認輸、不認命、不甘被命運擊倒的信心與勇氣」。

因此，現今職場成敗的關鍵，不是「能力問題」，而是「態度問題」。

所以，有人說——「問題不在難度，而是在態度啊！」

人生不要怕，勇敢站起來，走出去就對了。只要勇敢地「突破零」，人生就能「打敗悲觀、戰勝挫折」，就能迎向陽光和微笑！

YES

好人才的成功信念

- 人生不能自陷於牢籠，總要「突破零」。
- 人生就像坐飛機，難免都會遇上亂流。
- 悲觀的人，是比上不足；樂觀的人，是比下有餘。

11

認真敬業，讓幸運找上你

● 用心態度，勝過高學歷。

● 充滿信心、熱情有勁、活力十足。

態度

美國紐約有一名十七歲女孩瑪莉拉，她因案被傳喚到法院接受審訊；可是當法官開庭審理時，瑪莉拉的手機竟然響了，氣得法官火冒三丈。

因為在開庭前，法官就警告法庭內的所有人士，務必要關掉手機；可是，瑪莉拉顯然沒把法官的話聽進去，所以，當她的手機鈴聲響時，法官很不悅地問她：「妳認為我是在跟妳開玩笑嗎？」

瑪莉拉辯稱，她以為她已經關機了，可是法官不聽她解釋，並指責她藐視法庭，當場判她監禁二十一天；後來，再加上原先被指控「持有違禁品」和「行為不檢」，瑪莉拉總共被該法官判處監禁四十五天。

許多老闆都認為，部屬的「做事態度」和「敬業精神」十分重要；如果部屬的態度是敷衍、輕率、不用心，即使他再怎麼聰明，也不會被重用。

所以，「**決勝靠態度。**」

「**幸運，是自己爭取來的；成功，是自己打拚來的。**」一個人必須積極、用功、認眞、敬業，才能「讓幸運找上你」啊！

看看影星芮妮·齊薇格在拍「BJ單身日記」時，故意增胖九公斤，後來又爲擔任「芝加哥」女主角，努力減肥；湯姆·漢克斯也爲「浩劫重生」電影先胖後瘦了二十三公斤。

影星想要狂瘦暴肥，其實都是因著「信念」和「敬業」，認眞地在演戲，所以他們才能成功，一般人可是不容易做到啊！

「態度，決定勝負；態度，決定高度。」

「沒有改變不了的窮口袋，只有改變不了的窮腦袋。」

所以，我們要建立起自己的正確態度、積極態度；也要讓自己的腦袋，充滿正能量與專業知識，絕不能讓自己養成奢侈、懶散的壞習慣。

所以，「**用心態度，勝過高學歷。**」

陽光、燦爛、積極、用心、不斷學習的「態度」，絕對勝過「學歷」啊！

「破窗理論」指出，當出現第一扇破窗時，如果我們不馬上加以修補，那麼，路人就會開始往裡面丟垃圾；隨後第二個窗子可能又被路人打破，裡面髒亂的東西也會愈來愈多。

人也是一樣，如果做事沒熱忱、不積極、不敬業，它就會變成一種習慣，而讓自己變得消極、懈怠、沒目標、沒衝勁；就像「破窗理論」所說，會使自己變平庸，甚至使自己的身子和靈魂，變得破舊、可怕！

所以，我們不能輕易浪費時間；每天一醒來，就試圖感覺自己充滿信心、熱情有勁，也相信，「自己有改變的力量」，一定可以活力十足，來展開一天的生活。

YES

好人才的成功信念

- 相信自己，絕對有改變的力量。
- 態度，決定勝負；態度，決定高度。
- 沒有改變不了的窮口袋，只有改變不了的窮腦袋。

12

自己，就是一座無盡的鑽石寶藏

● 只要改造自己，就可以東山再起。

● 「美夢成真」的地方，就是天堂。

相信

好萊塢知名演員凱文．科斯納，二十幾年前曾拍過一部電影「美夢成眞」。

在影片結尾時，凱文．科斯納飾演的雷恩，和已經作古的父親約翰，兩人在「玉米田球場」，有一場靈異似的戲，一起重溫父子親情。

父親問兒子：「這裡是天堂嗎？」

「不，這裡是愛荷華州。」兒子雷恩也反問老父：「老爸，眞的有天堂嗎？」

「有，真的有天堂。『美夢成真』的地方，就是天堂！」已經作古的老父說。

眞的，只要能讓自己的夢想「美夢成眞」，處處都是天堂。

年輕人，不能只住在「舒適圈」啊，要讓夢想高飛！

「只要相信，你就能看見！」
只要有願景、有渴望，
相信自己可以做到，並親自去努力實踐，
就可以看見自己創造的天堂。

曾經在一次出國旅行中，導遊感慨地對我們團員說道：「人做事就是要專心一致，像我，做過業務員，也做過生意，換了四、五個工作，都做不好，只好回來當導遊，我現在四十五歲了，想換工作也不容易了……而且，我們旅遊業，一下子遇到SARS，一下子又遇到禽流感疫情，最近，又碰到南亞大海嘯，生意眞的很慘！」

導遊繼續說：「我的老闆是我的小學同學，他一直都待在旅行業，現在他有三十多部大遊覽車，四十多部中型巴士，生意做得很大；而我，只是一個小導遊……」

眞的，我看見導遊臉上的無奈，以及對小學同學、也是自己老闆的羨慕。因爲，他一直換工作，但他的小學同學，卻專注只做旅遊一行。

不過，**每個人都可以「從危機中看到希望」**。

而且，「只要改造自己，就可以東山再起！」

只要堅定信念、專注本業，並將「絆腳石」變成「墊腳石」，就可以讓自己的生命美夢成真。

也因此，自己就是一座無盡的鑽石寶藏，只要努力深耕、挖掘、切磨，就能散發出閃亮的光芒呀！因爲——

一個人只要堅持，就可以「看見希望」。

只要全力以赴，就能為自己贏得生命的「金牌」！

YES

好人才的成功信念

- 只要展堅持夢想，就可以看見自己創造的天堂。
- 擅長於某些事（good at something），才能專精於一件事（great at one thing）。
- 年輕人，不要只住在舒適圈，讓夢想高飛吧！

13

把握自我優勢，用腦也要用心

- 沒有目標的人，就像風前的一支蠟燭。
- 人生最大的快樂，在於主動追求知識的過程。

把握

網路上流行一則小故事——有一個很有錢的富豪長了腦瘤，醫生說，一定要換腦才能根治。於是，這富豪問醫生：「如果換大學生的腦，要花多少錢？」

醫生說：「現在的大學生都貪玩、不唸書，很少動腦筋，所以他們的腦都很新，一斤要兩萬元。」

富豪又問：「那如果換教授的腦呢？」

「教授們的腦都被操得很舊了，年紀也大了，不太值錢，一斤腦大概一萬元就夠了。」醫生說。

富豪接著又問：「那立法委員的腦呢？」

醫生說：「立委的腦一斤要五十萬元。」

「啊？一斤要五十萬元哦，怎麼會那麼貴？」富豪大吃一驚地問。

「哪裡會貴？」醫生回答說：「你知道，現在要有多少立委，才能收集到一斤有用的腦嗎？」

一個人的「腦」和「心」是最重要的，人若「無腦、無心」，不懂得自己的優勢、也不清楚自己要什麼，而只是汲汲營營地賺錢，盲目地瞎忙，到後來，很可能是浪費自己的青春生命。

也因此，年輕人必須「弄清優勢、考量性向、想遠一點」；只要目標和方向掌握清楚，「做雞首可能比做牛後好」啊！

做「牛後」，雖然自己好像是牛，可是卻搞得自己一點信心都沒有，十分洩氣；相反地，當「雞首」，卻能讓自己信心十足，充滿鬥志！

人生最大的快樂，不在於「佔有什麼」，而是在於「積極、主動追求知識的過程」。沒有目標、沒有理想、虛度光陰的人，就像風前的一支蠟燭……

所以，「有實力，最神氣」「有志氣，不洩氣」。

人只要有自信，待遇稍差一些，都沒關係；因爲，有實力、肯努力的人，將來終會有大成就。

就像辣椒——「小辣椒，不必大，就會辣死人！」

也像最新科技奈米——「奈米愈小愈神奇啊！」

因此，我們不能做個「天生的懶骨頭」，我們一定要逼自己像一塊「不斷吸水的海綿」，每天吸收新知、累積知識，而不是一直被迫擠出水分，用完後隨之丟棄。

台積電董事長張忠謀十分重視「知識」的累積。他說，能夠將網路上快速獲得的「資料」（data），轉化爲「資訊」（information），再進一步形成「知識」（knowledge），並加以活用、運用，才是成功的關鍵。

YES 好人才的成功信念

- 為了充實自己的腦袋，再忙，也要每天閱讀。
- 投資自己的腦袋與專業，是一本萬利的事。
- 知識很重要，但如何活用知識，才是成功的關鍵。

14

傑出的表現，就是最好的「品牌」

- 改變想法，就可以改變一生。
- 許多天才都因光說不練，而在這個世界上消失。

品牌

有一隻斑馬，深愛著可愛的小鹿，希望能經常和小鹿卿卿我我、長相廝守。可是，當斑馬向小鹿表達情意時，卻遭小鹿嚴詞拒絕了。

「爲什麼呢？我這麼好，也這麼愛妳，妳爲什麼要拒絕我的愛呢？」斑馬難過地大聲叫了起來。

此時，生性膽怯的小鹿害羞地說：「我媽媽說，現在社會很亂，不要亂交朋友；而且，那些『紋身的』，都是不良少年哦！」

哈，紋身的，都是不良少年。

眞的，人常有「刻板印象」，認爲那些紋身、刺青的，都是不學好的年輕人，所以他們常會被歧視、或另眼相待。

其實，我們的生命不能一直給人「負面的刻板印象」。

我們即使沒唸名校、沒有很好的學業成績，也沒有很好的家世背景，也或許別人不看好我們、甚至瞧不起我們；但，我們必須發憤圖強，以自己的努力和表現，讓生命來個「大逆轉」，也破除自己「一直平庸、沒有成就」的魔咒。

我們的一生，都是在營造自己的「品牌」；我們自己傑出的表現，就是最好的「品牌」。

就像曾來台灣演唱的世界最知名男高音「帕華洛帝」，他說：「我的聲音，就是我的老闆；她像個女人，得細心地照顧，要不然她就會發脾氣。假如再年輕一點，我還準備到其他星球上去唱歌呢！」

男高音，就是帕華洛帝名聞世界的「品牌」。

「改變想法，就可以改變一生！」

「勇敢去嘗試，就一定會有意想不到的收穫！」

有個星運欠佳的窮小子，看完世界拳王的挑戰賽後，觸動靈感，花了三天的時間，寫了一部電影劇本，但沒有電影公司願意出資拍片。

後來，終於有一家電影公司點頭，出資一百萬美元，用28天時間把電影拍完。這部電影名叫《洛基》（Rocky），男主角是寫劇本的席維斯．

史特龍。

沒想到，這電影大賣座，票房收入超過兩億兩千五百萬美元，也奪得奧斯卡金像獎「最佳影片」、「最佳導演」、「最佳剪接」三座大獎。

許多天才，都因「缺乏勇氣、光說不練」，而在這個世界上消失！

所以，我們，要選擇自己想走的路、想做的事，盡情地努力揮灑！

我們，要有「強烈的企圖心、激昂向上的動力」，活出有創意的新生命！

YES

好人才的成功信念

- 當幸運來敲門時，聲音常很輕，要仔細聽，才能把握住機會。
- 只要敢付出、敢行動，沒有什麼事是不可能的。
- 在苦難中，不能喪失信心；在挫折中，要激發出勇氣。

15

人就是要窮中立志，苦中進取

- 專注於一，才能跑第一。
- 改變心境，才能脫離困境。

立志

有個法官面對被告大聲怒斥說：「我擔任這個地方法院的法官十年來，已經在法庭上見過你八次了，難道你不覺得羞恥嗎？」

被告回答說：「報告法官，你不能升官，是你自己的問題，怎能怪我呢？」

哈，法官十年來，一直都在地方法院當法官，不能升遷、升官，這法官要怪誰啊？當然，這是個笑話。

相同的，假如一個職業軍人，十多年來還在原地踏步，沒有傑出表現，甚至只是等待退伍，也會讓人很難過的。您知道嗎，有些職業軍人在五十歲初頭，就已經當上了「少將」，但有些軍人，則是退役當「警衛」。

運動心理學家魏特利曾指出，所謂**「幸運」是——來自正確知識下的努力**（LUCK = Labor Under Correct Knowledge）。

一個人的成功，不是因著運氣或機率；一個人的幸運，是靠著不斷進修、學習、廣泛收集資訊、投入無數時間和精力，研究分析、堅定信念、認眞執行，才能享受豐碩的成果。

古人也說：「**逆境來時順境因**。」一個人不可能永遠都處於逆境，只要「改變心境」，努力突破，就可以「脫離困境」，而使自己邁向順境。外在的世界縱使有挫折、有打擊、有意外、有污衊……然而，我們內在的主體生命必須夠堅強，才不會輕易被擊倒！

有位潛能專家指出，成功者有三項特點——「**一是充滿自信心；二是有達成目標的企圖心；三是堅忍的意志力。**」

一個人有自信心、企圖心和意志力，才能邁向成功！而有實力的人，才會神采奕奕、十分神氣，不是嗎？

其實，「訓練不苦，就不叫訓練；訓練不苦，就不要訓練。」的確，訓練的過程，都是苦的；但，只有經過嚴厲、嚴苛的苦練，才能造就出有實力、有才幹的人呀！

二十年前，日劇「阿信」在台灣造成轟動，該劇的片尾曲「永遠相信」中，有一段歌詞：

「沒有月亮，我們可以看星光，失去星光，還有溫暖的眼光；抱著希望等待，就少點感傷，彷彿不覺得寒夜太無助、太漫長。」

是的，給自己一個燦爛的微笑吧！抱持希望、勇敢追尋，寒夜就不會太無助、太漫長！**因為，人就是要「窮中立志，苦中進取」**。而且，你我的天空，都要自己勇敢地去跑呀！

YES

好人才的成功信念

- **人必須脫困，才能擁抱另一個生命的圓。**
- **心手合一，專注於一，才能跑第一。**
- **有目標，就有希望；有毅力，必會成功。**

16

心有多寬，路就有多寬

- 趕快「放下悲傷、數算幸福」。
- 轉換心情，陽光與快樂就會隨之而來。

轉換

有一名結婚不久的男子，經常悶悶不樂，因他在家被老婆管，在公司也常被老闆盯，以致覺得自己「很沒自由」。

後來，他跑去問自由女神，請教「手拿著火炬的自由女神」，看看如何才能得到眞正的自由？

自由女神說：「你是在嘲笑我嗎？還是故意在糗我？……你看，我這個樣子像是有自由嗎？」

每個人都會羨慕別人，覺得別人家很好、夫妻感情甜蜜、子女都很上進、成績都很棒、先生事業有成……可是，家家有本難唸的經呀！

漂亮的英國黛安娜王妃，即使嫁給查爾斯王子，婚姻生活依然不睦，最後宣告離婚，甚至遇上車禍、悲慘身亡。

悲傷、憂鬱，有時會像個小偷，悶聲不響地就侵入我們的內心裡，可是，我們要任憑小偷住在我們心裡作祟嗎？我們豈不都要趕快把小偷趕出去，趕快還給我們快樂的心情，和燦爛的笑容！

所以，**趕快「放下悲傷、數算幸福」吧！**

人生有許多苦悶和痛楚，很害怕天亮、好害怕有人尋仇、好害怕有人苦苦相逼、或害怕有人絕情地冰冷相待……一想到有這麼多的痛和苦，心中的「危險因子」就會驟然增多，甚至好想死掉算了，一了百了，自我解脫吧！

當害怕或憤怒、生氣的「危險因子」入侵我們內心時，我們要儘快地轉念，數算一下幸福，讓心中的「保護因子」來拯救自己。

因爲，事情絕對沒有想像中那麼糟糕；而且，悲傷和痛苦一定會過去，只要我們轉換心情，陽光與快樂一定會隨之而來。

「一個人心有多寬，路就有多寬。」
「心的寬度，決定生命的寬度。」
「心寬，忘地窄；心寬，路更寬。」

眞的，我們要成爲一個「不停跳躍、出拳的拳擊手」，只要勇敢地跳躍，生命就會充滿活力。

而且，**「有志氣、少嘆氣」**、**「少怨氣、多福氣」**！

只要我們放下心中的悲傷，多看看自己的身邊幸福，就能擺脫掉心中的「負面因子」與「危險因子」，也就會有好心情、好遭遇，就一定會贏得更多友誼、肯定與掌聲，也一定會有更多的貴人相助啊！

YES

好人才的成功信念

- 心寬，忘地窄；心寬，路更寬。
- 「少怨氣、多福氣」、「不計較、常歡笑！」
- 要把心中害怕、挫敗、生氣的「危險因子」，驅趕出去。

17

人最大的敵人，是自己的決心不夠

- 一個人坐而懼，不如起而行。
- 人的抗壓性越高，越有成就。

決心

在非洲的大草原，每天早上都會有無數的瞪羚從睡夢中醒過來；瞪羚知道面對新的一天，如果牠想活命，就必須在遇到獅子時，跑得比獅子還快，才不會被吃掉！

相同地，在草原上，每天也有許多獅子會在睡夢中醒來，牠也知道，如果今天不想餓肚子的話，就必須跑得比瞪羚還快，才能飽餐一頓！

因此，不管我們是「瞪羚」、或是「獅子」，我們都得在太陽一升起的時候，就要「張大眼睛、隨時準備開跑」，才不會被吃掉，也才會有食物吃。

所以，生活與環境的壓力，可以讓人倒下；但這些壓力，也可以釀出「高純度的生命醇酒」。

生活的壓力，人人都會有，
但與其懼怕它、逃避它，不如迎向它。
一個人坐而懼，不如起而行！

現在許多大學生，爲了怕找不到工作，就不願畢業，而自動「延畢」；可是，不敢面對壓力、自動延畢，豈是聰明的辦法？人生處處都充斥著壓力呀！在職場上，每天不也都有壓力緊緊跟隨著？

事實上，「**人的抗壓性越高，越有成就！**」抗壓性越低，一擊就倒，或像草莓一樣，一壓就爛，則怎能在現實環境中競爭、生存？

因此，「現在辛苦，以後才會幸福啊！」

有句話說：「**人最可怕的敵人，不是別人，而是自己的抗壓性和決心不夠。**」

如果壓力來了，我們決心要扛得住、熬得過，就贏了；若扛不住、挺不過、抗壓太差，就輸了！不是嗎？

因此，壓力是「正面」、還是「負面」，完全取決於面對壓力的「人」，也就是我們自己的態度。

我認識一名廣電系畢業的男學生，想做廣播，但他被派到東部的花蓮去做深夜的節目，天天在半夜裡上班，薪水微薄，然而他不以爲忤，反而樂在其中。

因爲，對他而言，半夜做廣播，是一種「快樂的壓力」，他很認眞地迎向它、接受它、享受它。如今，這「享受壓力」的學生，早已調回台北，在電台聯播網擔任主持人了！

所以，「**快樂，就是創造自己生命的價值。**」

只要找到自己喜歡做的事，全力以赴、專心去做；不考慮是否辛苦與薪水多寡，就會得到極大的心靈快樂與成就。

YES

好人才的成功信念

- **快樂，就是創造自己生命的價值。**
- **學習寶貴經驗，比薪水更重要。**
- **「好能力＋好態度」，必能為升遷加分。**

18

把失敗當禮物，把痛苦當老師

● 壓力，是向上激發的能量。

● 今天的失敗，可能就是明天的成功。

禮物

記得在一場演講時，我曾詢問台下的聽衆：「老師交代的作業或報告，你會提前一個星期交的請舉手？」

現場三百多人之中，只有一個男生勇敢地舉手。

我問他：「爲什麼你會提前一個星期交？」

這男生站起來回答我說：「因爲，只要提前開始，就可以提前結束。反正老師的規定是不會更改的，所以，早一點寫完報告，我就可以有更多的時間，去做其他事情！」

許多事情，只要認眞去做、用心地做、不停歇地做，就一定可以提早完成。可是，人的心情卻很奇怪，只要不想做、不願去做，心中有個「懶」字卡住，不願行動，則再怎麼簡單的事，也不會完成！

所以，只要提早開始，就可以提前結束；只要提早出發，就可以提前到達。

停滯，就只會是裹足不前、原地踏步。

「沒有過不去的事情，只有過不去的心情。」
有時，我們很難去改變別人，也很難去改變環境，
那只好「改變自己、改變心境」吧！

與其一直埋怨、生氣，不如改變自己的心情，去做就是了！
因爲，**「合理的要求是訓練，不合理的要求是磨練」**，不是嗎？

現在，有不少企業的主管，不願聘用大學剛畢業的草莓族，甚至直言，他們有令人頭痛的「三不」，那就是——「專業能力不佳」、「抗壓性不夠」、「態度不積極」。

想想，人若被冠上「三不」的帽子，「專業不好、抗壓不夠、態度不積極」，那眞是很可悲呀！

人總是要面對困難、迎接挑戰，因爲，在人生的戰場上，當我們在休息時，對手卻是在拚命呀！當我們在抱怨時，對手卻正在進步呀！

「少怨氣，多福氣！」在面對一些不合理的要求時，告訴自己：

受苦，是一種激勵，而不是挫折。

壓力，是向上激發的能量，而不是向下毀滅的打擊。

在壓力來臨時，我們都要靜下心來，接受它、面對它，然後把事情「做得更好、更完美」。

假若我們能夠**「把失敗當禮物，把痛苦當老師」**，並發憤圖強站起來，則**「今天的失敗，可能就是明天的成功呀！」**

YES

好人才的成功信念

- **沒有過不去的事情，只有過不去的心情。**
- **養成凡事提早開始、提早到達的好習慣。**
- **勇敢走出去、大膽尋路，才有大未來。**

PART 3

夢想，留給想贏的人

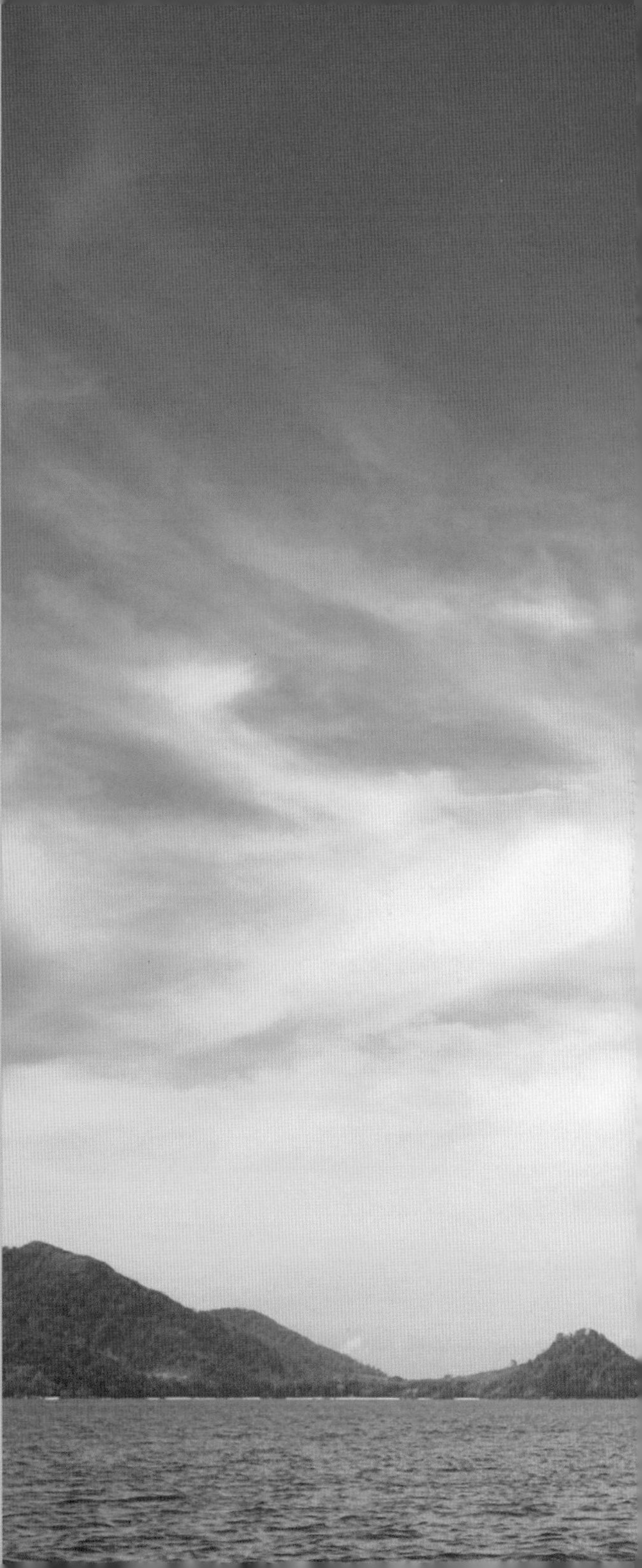

夢想不會逃走，逃走的往往是自己

哥倫布說：
「世界，是屬於有勇氣的人！」
也有人說：
「夢想，只留給一心想赢的人！」
只要一心盯住目標、立即行動，
再加上必勝必成的決心和毅力，
就可以「把不可能化為可能」、
「把夢想變成真實」。

夢想

19

夢想，只留給一心想贏的人

● 要有達成目標、積極圓夢的行動力。

● 世界，是屬於有勇氣的人。

圓夢

期中考結束後，數學老師於發下考卷前，宣布了全班的考試成績。

老師說：「這次數學考試，成績分布得滿特別的——九十分以上和八十分以上的人數一樣多；而且，七十分以上的和六十分以上的人數，也是一樣多！」

哇，全班同學一陣叫好、歡呼！

後來，一名男同學問老師：「那不及格的人數有多少呢？」

老師吸了一口氣，緩緩地回答說：「不及格的人數，和全班的人數一樣多！」

其實，數學成績不好，也沒啥關係啦！以前我的數學也很糟糕，然而，現在回想起來，不懂什麼三角函數、機率，或不會微積分，又有什麼關係？因爲，人生的道路有千萬種，學業成績差，不代表走投無路，或找不到好工作呀！

日本有一家公司要招考三、四名幹部，他們老闆想出了一個辦法，就是將面試的地點，從冷氣房的辦公室，移到日本最高峰「富士山」上；想要來應徵的人，都必須用行動和毅力，來證明自己的誠意和勇氣。

富士山高度超過三千七百公尺，氣溫很冷，山上積著雪；可是，這是一家很棒的公司，您想被錄取嗎？想要被錄取，就得不畏艱難，勇敢地向「高度和難度」挑戰。

而且，在面試之前，該公司的員工，已經把面試時所需要的桌子、椅子全搬到富士山頂，老闆的創意說到做到。

面試當天，山上的天氣溼冷陰霾，但是，有五十多名大學畢業生成功地爬上富士山頂，積極爭取三到四名的就業機會。

假如是我們，不知道我們是否有這個勇氣與毅力，爬上富士山頂，去爭取這些工作機會？

有一項調查顯示，在有夢想的人當中，百分之八十五的人「根本都沒有採取行動」；只有百分之十五的人，會有「達成目標、積極圓夢的行動力」。

哥倫布說：「世界，是屬於有勇氣的人！」
也有人說：「夢想，只留給一心想贏的人！」

只要一心盯住目標、立即行動，再加上必勝必成的「決心和毅力」，就可以「把不可能化爲可能」、「把夢想變成眞實」。

YES 好人才的成功信念

- **想法的大小，決定成就的大小。**
- **贏家永遠有一個計劃，輸家永遠有一個藉口。**
- **成功的唯一秘訣，就是撐到最後一分鐘。**

20

準備愈多，好運也愈多

- 懂得把握機會的人，就會一鳴驚人。
- 好運就是——萬全的準備，遇到了大顯身手的機會。

準備

20 準備愈多，好運也愈多

曾經聽過一名講師的演講，他挑了一個幸運號碼「四十二」，然後隨便點了一個聽眾，請他開始從「一、二、三、四……」依序報數，只要誰報數的號碼是「四十二」，誰就必須上台「即席演講五分鐘」。

哇，這眞是一項刺激的遊戲！

有些人大聲叫好，因爲，他們坐的位置不可能被點到；有些人則心驚膽跳，因爲，他們坐的位置很危險，很可能就是在「危險邊緣」，隨時都有「被叫上台演講」的危機！

報數的號碼已經唸到「三十」，愈來愈可怕了，有些人的心情也愈來愈緊張，會不會那麼「倒楣」，眞的被點到？

「三十七、三十八……」天哪，就快被點到了！「四十、四十一、四十二！」終於，唸到「幸運號碼」了，一個小姐紅著臉，沒有任何理由，必須上台即席演講五分鐘。

此時，講師說：「各位，你們說，今天最倒楣的是幾號？」

「四十二號！」聽衆異口同聲地說。

「不，不，今天最倒楣的是四十一號！」講師很認眞地說道：「爲什麼呢？……因爲他應該說『媽的，這麼好的機會怎麼會跑掉了呢！』本來，這個上台的機會很可能是四十一號的，可是，它竟然跑掉了……各位，你們必須把握上台的機會、珍惜上台的機會，而不是說『媽的，怎麼那麼倒楣，居然被點到要上台了！』」

其實，沒有被講師點到號碼的人，都很倒楣，因爲，沒有機會上台即席演講五分鐘、一展長才。

沒有上台，就不能表現自己，就不能把自己推銷出去，不是嗎？

當遇到問題時，有些人把問題當成是「機會」，好好把握它；但，有些人卻把它當成是「負擔」，而找理由逃避它。

然而，懂得把握機會的人，胸有成竹、一鳴驚人，一上台、一開口、就令人刮目相看；逃避機會的人，則推三阻四、臉紅脖子粗、忸忸怩怩，打死也不願上台。

所謂「好運」，就是——「萬全的準備，遇到了大顯身手的機會！」

的確，**「機會，只留給懂得把握的人；成功，是留給懂得付出的人！」**

所以，**「準備愈多，好運也愈多」**，不是嗎？

好人才的成功信念

- **幸運，永遠跟隨著勇敢實踐的人。**
- **成功，是用行動實踐、用雙腳走出來的。**
- **信念造就一生，堅毅成就美夢。**

21

把失意當磨練，蹲下更能躍起

● 若要人前顯貴，就要人後受罪。

● 以不同的氣度與視野，來面對世界。

磨練

您的床頭上有「鬧鐘」嗎？有些人不必用鬧鐘，因他心中有重要的事，時間一到，他就會自動醒來。有些人則是用兩、三個鬧鐘。爲什麼？

因爲，一個鬧鐘不夠用，鬧鐘一響，他會自動地把鬧鐘按掉，自己則埋頭繼續睡；等第二個鬧鐘再次響起，他還是迷糊地把鬧鐘按掉，並告訴自己——「再睡一下子吧，等第三個鬧鐘響了再起床。」

眞的，鬧鐘對某些人來說，是沒有效果的。也因此，最近美國麻省理工學院實驗室發明了一種「會跑的鬧鐘」，這種鬧鐘不僅會響，而且「還會跑」！也就是，這鬧鐘的底盤下，裝上了輪子，一旦時間到，鬧鐘響起時，就會滾下桌子，跑來跑去。

哈，您聽到了嗎，聲音好吵哦！可是，鬧鐘會不停地跑，跑到另外一個角落去，你非得起來，去抓住它、按掉它不可，不然鬧鐘鈴聲就會一直大聲地響。

你貪睡嗎？當你被這鬧鐘這麼一折騰，想要再繼續睡覺，恐怕也很難了！

所以，有些人，要三個鬧鐘；有些人，則不用鬧鐘。提醒時間，靠鬧鐘，但起不起床，則是靠「決心」。最近，也流行一句話——

每天叫醒我起床的，不是鬧鐘，
而是「我的夢想」。

曾聽過一句話：「**若要人前顯貴，就要人後受罪。**」

誰能在眾人中「顯貴」呢？除非，他默默地在人後「受罪」——不斷卑微地付出、打拚、耕耘，才能做出超越別人的成績呀！

多少人被公司裁員、失業、沒工作了？這是殘酷的事實。人若沒實力、沒才華、沒專業、沒人脈，終將被時代與環境所淘汰！怨誰？只能怨自己——「沒憂患意識、沒先見之明、沒專業技能、沒三把刷子、不知未雨綢繆……」

大陸知名作家余秋雨先生說：「**閱讀是將一個人由平庸的人生中『拔出來』的重要途徑。**」因爲，閱讀可以讓人生變得有深度、有內涵、有品味，也擴大生命的寬度與專業度。

的確，多閱讀與再進修，能讓我們「以不同的氣度與視野來面對世界」，這也是我們能超越他人的方法。

所以，一個人在失意時，千萬別灰心，記得要沉潛自己，也努力閱讀、進修、請教，來提升自己，「**把失意當磨練**」；**因為——**

「蹲下」是為了更強而有力的躍起，

「退一步」是為了讓自己跳得更遠！

YES

好人才的成功信念

- 起床靠鬧鐘，更要靠「決心」。
- 知識就是力量，專業才是保障。
- 有實力、有專業，才會受人肯定與敬重。

22

自信與實力，就是最佳品牌

- 名字很重要，自我「內在信心」更重要。
- 有自信心的人，才能展現令人愉悅的特質。

自信

在美國紐約的曼哈頓，有個名叫艾斯皮諾的四十二歲男子，有一天突然「頓悟」，覺得他的名字不好聽，應該改名爲「耶穌基督」比較好；於是，他向曼哈頓地方法院申請改名。

後來，民事庭法官樂貝黛福女士批准他的申請，而且立即生效；從此，這男子就改名爲「耶穌基督」。法官表示，只要沒有其他同名的人提出異議，申請改名通常不會被法院駁回。

另外，在猶他州也有一名男子，在二〇〇三年透過法律程序，把自己的名字改成「Santa Claus」（耶誕老人的名字）。

想一想，把名字改成「耶穌基督」，就會比較好運嗎？我想，恐怕不見得！因爲，名爲「耶穌基督」，可能每天都有人用異樣的眼光看他，或一直盯看他的行爲是否怪異？聽他會不會講髒話罵人？會不會跟人鬥嘴吵架？

其實，名字雖然很重要，但自己的「內在信心」更重要。

一個人即使外表很帥、或很美，卻沒有自信、談吐不優雅、待人不誠懇，也沒有才華和專業能力，又有何用？

「外在形象」很重要，但「內在信心」更是重要；自己必須是個有信心的「內在贏家」，才能展現出令人愉悅、受人歡迎的特質啊！

大部分公司行號，在股東大會上，都會贈送禮物給股東們，可是，聽說他們寧願贈送碗、杯子、或小飾品，也不願送書，因爲「書」與「輸」是同音，所以拿到書，可能股票就會輸！

相同地，很多運動員也不喜歡拿到「書」的禮物，因爲拿到「書」，多看書，可能在運動場上的競技也就會「輸」。

哈，這是多麼荒謬的說法。

不過，台灣網球女將詹詠然小姐就不這麼認爲，因爲她很喜歡看書、讀書；而且，她說：「『4』也很好啊，它很像一艘帆船，很好看呀，怎麼會不吉利？」

詹詠然又說：「打球是靠實力，又不是靠吉不吉利；如果打球一定要穿哪雙鞋子才能贏，那豈不是都不能換鞋了嗎？」

所以，吉不吉利，都只是在自己的一念之間。忌諱或禁忌，也只是人們自己「想出來」或「造出來」的一種說法，所以，不必相信「幸運數字」，也不必避諱「不吉利的數字」。最好就是——「看好自己」「相信自己」。

YES

好人才的成功信念

- 人只要有精神、有自信、有實力，就是自己最佳的品牌！
- 不信算命，信實力；不信幸運數字，信努力。
- 不吉利的數字，是人們自己想出來的。

23

在天很黑的時候，星星就會出現

- 人生路上，只要「變」，就能「通」。
- 只要勇敢用腳把憂鬱踢走，就會出現光明。

光明

英文中的stressed（壓力），與desserts（甜點）兩字，有很微妙的相關。是什麼相關呢？仔細一瞧，好像沒什麼關係嘛！

可是，再看一下——咦，stressed這個字從後面倒過來拼寫，不就是desserts嗎？所以，「Stressed is just desserts if you can reverse.」（壓力就是甜點，只要你能逆向觀看。）

此外，也有人說：「人生就像一碗飯，可能一半是甜的，一半是苦的，你不知道會先吃到哪一邊，但終究必須把飯吃完。」

是呀，生命有甜、有苦、有酸、也有辣，但都必須去經歷它。

多年前報載，在北京清華大學的學生餐廳，有一位二十八歲的饅頭師傅小張，他雖然所受的教育不多，每天都在食堂裡做饅頭，辛苦工作十一個小時，但在休息時間，他自學英文，也把握開口說英語的機會，結果，他托福成績考了六百三十分。

小張說，他第一次開口說英語，是幾個學生在等著拿飯時，等急了，他就脫口而出：「Would you please wait for a while？Thank you for your patience.」（請等一下好嗎？謝謝你的耐心。）

小張這麼一說，在場的學生都大吃一驚——天哪，這個饅頭師傅竟然會說英語？可是，這眞的是他自修英語的成果呀！

小張說，他有三個夢想：「一是出國唸書，二是寫書，三是當一名新聞記者。」

他又說：「一輩子總要出一次國，人生才完整。」

後來，很多清大學生特別跑到餐廳，來一睹托福高手、會說英語的饅頭師傅；而小張也說：「我是一個敢於作夢的人！敢在賣飯窗口大膽地說英語，就是對我自己的最大挑戰！」

哇，眞是令人感動！一個人「輸在起跑點」又何妨？人生路很漫長，只要「變」，就能「通」呀！一個人，不求改變，就一定會失敗呀！

所以，成功的人，往往不是最聰明的人，
而是肯努力學習、傻傻做事的人。

一個人只要找到自己的興趣、專心投入、沒有二心，而且每天投入時間超過十小時，哪有不成爲專家的道理？

所以，曾有一前輩說：「在天很黑的時候，星星就會出現！」

在逆境中、在黑暗沮喪的心情中，只要勇敢地用腳把憂鬱踢走，那麼，星星就會出現，人的生命，也就會「出現光明」啊！

YES

好人才的成功信念

- 積極用心，就可以成為一顆「閃閃發光的鑽石」。
- 人「輸在起跑點」沒關係，但可以「贏在轉捩點」。
- 拚命爬上最高處，才能看見最美麗的風景。

24

把嘲笑當鞭策，把諷刺當激勵

- 敢向自己挑戰的人，才是真正的勇士。
- 寄希望在明天，盡全力在今天。

激勵

有人問曾得到美國電視「艾美獎」的盲人吉姆．史都瓦說：「如果你對達成目標沒有任何進展，你會對這個目標堅持多久？」

吉姆回答說：「如果有一輛車子翻覆，壓住了你的小孩，你會努力多久，把車子從你的孩子身上移開？……你將利用各種不同方法，不斷地嘗試，一直到把車子移開為止，是不是？這……就是你應該努力的時間──直到你達成目標為止！」

「目標、理想」，就像是我們的小孩，若不幸被車子壓住了，我們一定會想盡各種辦法，努力把車子移開；因為──「這目標、這孩子，值得我們費盡苦心、不斷努力地營救他，再來一次、二次、三次、四次、五次……直到成功為止。」

人不論失敗了多少次，只要不失去「絕不放棄」、「再來一次」的勇氣，就必然大有可為，不是嗎？所以，古有明訓：

「敢向自己挑戰的人，才是眞正的勇士；
能夠征服自己的人，才能頂立於天地之間。」

或許，人生一路走來，有許多不如意，也有很多嘲笑和諷刺，不過，我們若能「勤能補拙、再試幾次」，「把嘲笑視同鞭策，把諷刺看做激勵」，目標就一定可以達成。

所以，我們的心不能是「灰灰的」，我們的臉不能是「沉沉的」。如果我們的外表看起來「很陰沉」，這就表示，我們的「心窗需要擦拭」了——要擦拭得更亮麗、透澈！

當我們「停止抱怨，努力實踐，貴人就會出現，理想就會實現。」

「天下之事在乎於人為，絕不可因一時之波瀾，遂自毀其壯志！」

我們要——「寄希望在明天，盡全力在今天」。

微笑吧，爲未來必達成的目標，開口笑笑吧！

因為，每笑一次，就能增加一點「生氣、喜氣與福氣」，也減少積壓在自身的壓力。

二〇〇四年雅典奧運的第一金得主——中國大陸射擊女將杜麗說：**「頂住壓力的唯一辦法，就是享受壓力。」**

的確，在千金重擔的壓力下，我們所能做的，就是享受壓力！我們要勇敢地面對壓力，一步步地克服它、解決它；而當我們汗流浹背、氣喘如牛地抵達高峰時，我們都將自傲自豪地說——「我就是享受壓力的『圓夢高手』！」

YES 好人才的成功信念

- **停止抱怨，努力實踐，貴人就會出現。**
- **做個「頂住壓力，也享受壓力」的圓夢高手。**
- **讓事情開始的方法，就是停止說話、立刻去做。**

25

相信自己，命運不是天注定的

- 生命之中，處處有驚喜、時時有轉機。
- 要把每一次的不幸和挫折，化為一次次的機會。

轉機

有一位劉太太，雖然教育程度不高，卻很會教養子女；她育有三男二女，都是碩士學位以上，尤其是么兒、么女都獲得「教育博士」學位，眞的很不簡單。

當許多親朋好友前往劉家道賀時，劉媽媽不好意思地說：「唉呀，我不配拿這個獎啦，我的小孩也沒有特別優秀，比我們家小孩優秀的家庭多的是……而且，說眞的，我的幾個孩子還都是失敗的瑕疵品呢！」

「啊？都這麼優秀、這麼棒了，還說是失敗的瑕疵品，那我們不愛唸書的孩子不都該跳樓了？」親戚朋友七嘴八舌地說著。

「不是啦，我是說，我本來就不想生這麼多孩子，所以後面生的么兒、么女都是我『避孕失敗的瑕疵品』啦！」劉太太紅著臉、羞怯地說。

人生的道路，有時是在自己的計劃中，步步爲營、平順走過；有時則是一連串的意外、驚訝或不小心，所串聯而成。

然而，**即使是突來的意外或逆來的困境，只要相信自己，不相信「命是天注定的」，就可以讓意外的一副「壞牌」，打成教人刮目相看的「好**

牌」！

眞的，不向命運低頭、敢向老天挑戰的人，就可以使生命的能量源源不絕、永不枯竭！

其實，**生命之中「處處有驚喜、時時有轉機、人人是貴人」**；只要肯定自己、相信自己、堅持眞心，也在逆境中樂觀以對，生命的機會和好運就會到來！

所以，美國作家海理耶．史托威說：

「當你感受到壓力，沒有一件事順利，似乎連一分鐘都撐不下去時，你千萬不要在那個時候放棄，因爲，那正是你即將轉運的時刻。」

的確，我們的身邊，時時有機會、人人是貴人！只要我們謙卑地多學習、多請教，好運自然會翩然降臨。

作家保羅．科爾賀曾說：**「一個人真心想要做一件事情，全世界都會聯合起來幫助他。」**

眞的，只要我們有創意、有點子、敢爲自己創造機會，別人都會聯合起來幫助我們啊！

所以，**「樂觀的人，在憂慮中看到機會；悲觀的人，在機會中看到憂慮。」**

我們都要把每一次的不幸和挫折，化爲一次次的機會呀！

YES

好人才的成功信念

- 成功的人，總是創造機會，好上加好。
- 失敗的人，總是恐懼退卻，拒絕嘗試。
- 努力不懈，才能壯大自己；勤於學習，才能成就自己。

26

跨過挫折，成功就在那頭等你

- 靜下心來，才能遇見美好。
- 遭遇不如意，是人生的一部分。

遇見

出國旅行時，常會聽到一些團員在路上一直埋怨「吃的餐不夠好、住的地方太差、遊覽的景點不如預期……」一直嘀咕、不斷抱怨，搞得團員們的心情壞透了，甚至烏煙瘴氣。

可是，面對相同的情況，有些團員則是靜靜地聽、笑一笑，不發一語；為什麼不生氣？因為，大家是出來遊玩的，不要任意破壞情緒，要心平氣和，才會看到好風景啊！

的確，**「靜下心來，才能遇見美好！」**

人如果一直生氣、一直埋怨，好運很快就會用完，福氣很快就會跑掉，更不會看見美好，不是嗎？

其實，**「遭遇不如意、碰到不高興，都是人生的一部分。」**

生氣，絕不能解決問題，而可能會使問題更加擴大；所以，面對不如意時，不妨笑笑告訴自己：**「別生氣，要跨過去！事情的發生，必有其目的；其結果，必有正面意義！」**

因為，只有為自己營造好心情，才能使自己的思考更健康；唯有微笑地「擁抱挫折和不如意」，才能用高EQ智慧來面對問題、克服困境。

《失樂園》的作者彌爾頓（John Milton）說：**「心可以使你身在天堂，卻覺得活像地獄；也可以使你處於地獄，卻覺得活在天堂。」**

的確，人的「心」是最重要的！有些事，我們初看像是「倒楣事」，可是當我們轉個念，卻可能是「超級幸運」、「機會來臨」的開始呀！

所以，**「心念有多大，世界就有多大！」**因爲，世界的大小，因著我們的心眼大小而定啊！

「成功，往往僞裝成一時的挫折和失敗，可是一旦設法跨過去，成功就在那頭等你。」

的確，不如意、不愉快，時常在生活中發生，我們應該要隨時設法調整心情、適應環境，不要一直生氣、憤怒……

網路上有一則故事說道——小張約會時遲到一小時，女朋友很生氣、疾言厲色地大罵：「像你這種不守時的男人，最可惡了，全天下只有狗才會愛上你！」

小張氣喘喘地說：「剛才……我去辦一件很……很重要的事啦！」

「辦什麼事？哪有什麼事比我們的約會還重要？」女友很不高興地大聲說。

「我……我去律師那邊，我剛剛繼承了八千萬元的遺產……」小張說。

「啊？……真的啊？」女友一聽，嚇了一跳，趕緊改口說：「汪汪……汪汪！」

好人才的成功信念

- 心念有多大，世界就有多大。
- 有些倒楣事，可能是超級幸運的開始。
- 相信自己，必有改變的力量。

27

不能十全十美，卻要力求完美

- 讓自己成為一個「有料的人」。
- 用心準備愈多，人就愈容易成功。

用心

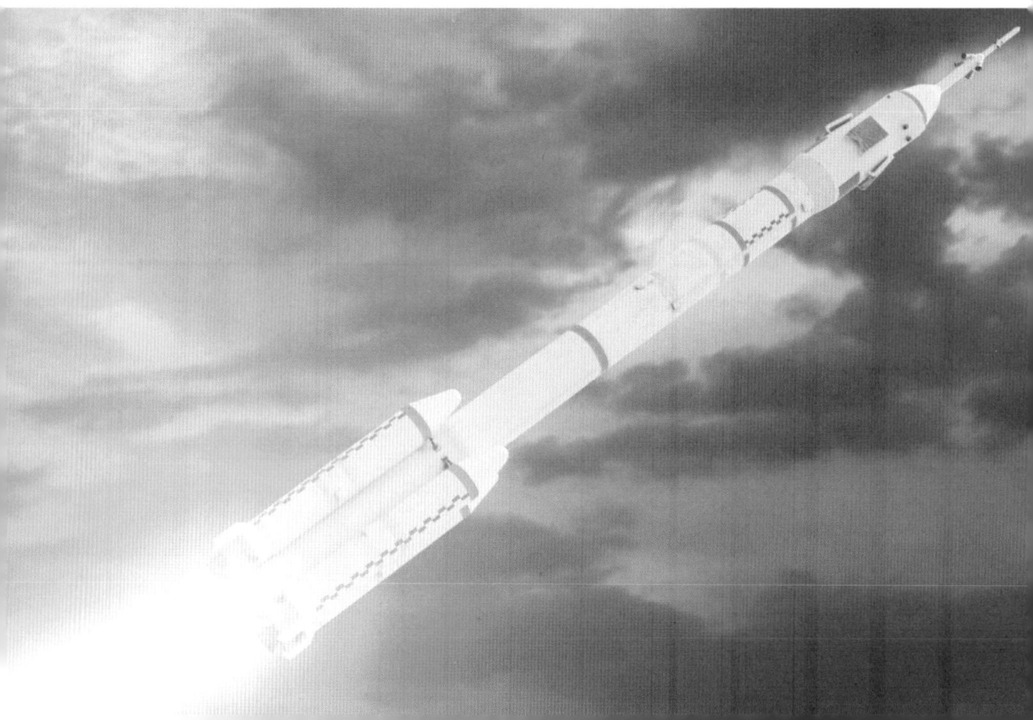

在某一年的寒假期間，我和內人帶兒子、女兒到日本迪士尼樂園去玩；天哪，即使是二月冬天，迪士尼遊樂場內，仍然擠著密密麻麻的遊客，每個人都穿著厚厚的大衣，在各遊樂設施前排隊。放眼望去，黑壓壓的人潮，眞是嚇人！我抓緊孩子，深怕他們走丟。

在東京街道上，我看到一幅巨照，他，就是超級美國職棒明星「鈴木一朗」。

鈴木一朗有什麼特別的呢？他是創下美國職棒大聯盟單季最多安打二百六十二支的紀錄，以及連續10球二百支以上安打的世界紀錄；也在2013年8月21日，達成美、日職棒生涯合計第四千支安打的成就。

曾在日本打過職棒的投手郭泰源說，鈴木一朗不是人，根本就是「怪物」！因爲，鈴木是他所遇見擊球範圍最廣的打擊手，幾乎是「零死角」——找不到他的打擊死角。郭泰源回憶說，有一次，他投了一記幾乎接近地面的壞球，結果還是被他揮出全壘打！

其實，鈴木一朗除了打擊技巧高超之外，他的跑壘速度很快，身體協調性也很棒，幾乎任何球都能打，所以，才會成爲一部「安打製造機」。

回到飯店後，想看電視，就拿起遙控器來選台。很多人都知道，日本電視機的遙控器上都有一按鍵，寫著「**有料**」兩字。

日文中「有料」指的是「付費」；也就是，部分頻道內容是比較精彩的，收看後必須付費，而不是免費的。

我心想，我們每個人的人生也是一樣，必須是有精彩內涵的，而不是「免費、無料」的。如果我們是無料的、免費的、沒啥內容的，任誰打開電視都可以隨意看看，而在看不到好看的內容時，就關機，那我們還有什麼價值啊？

我們就是要成爲一個有價值的人、
別人爭相網羅、挖角的人，
而不是隨時可丟棄的「無料之人」呀！

假如我們的老闆、上司，看到我們的成績與表現是「無料」的，豈會看重我們、重用我們、提拔我們？

所以，我們要讓自己成爲「有料的人」，也讓別人爭相邀請、爭相搶著要、爭相挖角！

事實上，**「人，不能做到十全十美，卻能力求完美！」**

只要有顆「力求完美」的心，就會讓我們「全心準備、專心投入」，成爲「有料的人」。

而且，用心準備愈多，人就愈容易成功啊！

YES

好人才的成功信念

- 有決心，就有力量；有毅力，就一定會成功。
- 人要在困境中找出口，在挫敗中找出路。
- 做事全心準備、專心投入，成為一個「有料的人」。

PART 4

努力，就會出人頭地

機會，是留給用心準備的人

「要看日出的人，必須守到拂曉！」
「要養成TNT『今天就做』的好習慣——
Today, Not Tomorrow!」
做吧，現在就做，無怨無悔地做！
積極不懈、用力用心的態度，
將能使我們「扭轉命運、改變一生」啊！

To your success
.....

28

要看日出的人，必須守到拂曉

● 積極不懈的態度，將使我們改變一生。

● 所謂活著的人，就是不斷攀登命運峻峰的人。

積極

有一天，我站在吉隆坡的演講台上，台下竟然擠滿一千五百多名的聽眾，密密麻麻的；而且，還有一大堆人擠在門外……在擠得水洩不通的會場中，他們和我一起分享、一起記錄、一起歡笑、一起流淚、一起熱情鼓掌……

那一夜，我躺在吉隆坡五星級的旅館中，感動得久久無法入眠。

想起以前年輕時，我大學聯考二次失利、留美出國托福考了八次，落寞無助……甚至，在美國讀博士班時，怕媽媽長期「標會借錢」供我唸書太辛苦，我曾於返台時，私底下向一些友人借錢讀書，但都遭到拒絕……臨上飛機的前一夜，我難過地在被窩裡掉眼淚。

然而，我也堅定地告訴自己——我一定要更努力地完成學業！我以後絕不要再向別人伸手「借錢」，我只要「捐錢」、「捐錢」……

回首來時之路，冷暖點滴在心頭。

感謝上帝，賜我有一顆堅定不移的心，讓我一路走來，不抽煙、不喝酒、不賭博、不學壞，也謹記「勇往直前、永不放棄」，才能「出人頭地」，也才能站在台上，聽到台下聽衆的歡笑、感動與「掌聲響起」！

「要看日出的人，必須守到拂曉！」
「要養成TNT『今天就做』的好習慣——
Today, Not Tomorrow!」

做吧，現在就做，無怨無悔地做！積極不懈、用力用心的態度，將能使我們「扭轉命運、改變一生」啊！

或許，我們心中有悲傷，但把悲傷放在一邊吧！
也許，我們胸中有煩悶，但，讓煩悶只到午夜為止！

悲傷、煩悶、焦躁、不安……都於事無補，趕快「找個目標、下定決心、展開行動」；因爲，年輕只有一次，假若「三心兩意、畏畏縮縮、裹足不前」，人生常就這樣蹉跎過去了！

有句話說：「**上半輩子不猶豫，下半輩子才能不後悔。**」

所以，想要美夢成眞，就把夢想寫下來，「具象化、實踐化」；同時，也寫下兩份「自己最想突破的事」，一份留給自己，一份交給自己最好的朋友或長輩，當成「自我誓言」。

相信有一天，我們就一定可以「突破自己、戰勝自己」！

因爲，就像雨果所說：「**所謂活著的人，就是不斷挑戰、不斷攀登命運峻峰的人。**」

YES 好人才的成功信念

- 要專注——因追兩隻兔子，將會一無所獲。
- 不要只追求外在，而疏於打底；只會拉關係，不重實力。
- 上半輩子不猶豫，下半輩子才能不後悔。

29

憤怒，是片刻的瘋狂

- 每個人都要「遠離情緒化的形象」。
- 別讓一時暴怒的情緒，搞壞整個情勢。

控制

在沙烏地阿拉伯，有一名五十歲的男子，因與另一名男子發生爭吵，所以在極爲憤怒之時，他撿起地上的石頭，用力扔向對方。

可是，不曉得他是不是有練過投手投球，他投石頭的準頭，比國手還厲害，居然石頭一扔，不但打傷了對方的下巴，而且，還打掉他的兩顆大門牙。

這一球，如果讓裁判來判，不知道該判「好球」，還是「壞球」？可是，可以確定的是，這一球，是這男子一生中的「超級變化球」。

爲什麼？因爲，被打掉兩顆門牙的男子一怒告上法院，而法官審理之後宣判——秉持「以牙還牙」的原則，打掉別人兩顆門牙的人，必須遭到相同的懲罰，而且，還要另外處以「兩萬一千美元」的罰款。

就這樣，丟人石頭的男子被判——在大庭廣衆之中，坐在椅子上，被牙醫「當場拔下兩顆門牙」。

其實，每個人都要「遠離情緒化的形象」，不要被別人貼上「這個人很情緒化」的標籤！因爲——

「憤怒，是片刻的瘋狂！」
「要別人記住我們的好，很難；
但要別人記得我們的壞，卻很容易！」

人在盛怒、抓狂之時，常會失去理智，做出讓自己後悔不已的事來。

只要我們一失控、一抓狂，別人就會私下批評說——

「那個人很情緒化哦！」

「那個人很愛生氣哦！」不是嗎？

所以，**我們都要為自己的情緒負責，也要學習——**

「控制情緒、掌握情勢」，千萬不要讓一時暴怒的情緒，搞壞整個大局與情勢呀！

也別讓我們的舌頭，跑在我們的理性前面。

網路上有個小故事：

有個交通警察對他同事說：「剛才有個男子違規停車，我就開他罰單；我還好心問他，這車子是你的嗎？結果他說車子不是他的。」

「那車子是誰的？」同事問道。

「他說是他祖母的。」警察說。

「啊？怎麼會是他祖母的？好奇怪哦！」同事說。

「對啊，我問他時，他就很生氣、大聲地說『他奶奶的』……」警察說。

YES

好人才的成功信念

- 事以急躁而敗者，十常八九。
- 越謙卑、越柔軟，爬得越高。
- 做事遇到風險，退讓比硬幹更穩妥。

30

天使不敢走的路，傻子一步跨過去

- 人窮志不窮，就會有出人頭地的一天。
- 千秀萬秀，不如一做！

努力

孟加拉，是個人口衆多的貧窮國家，他們曾舉辦了「全國首屆歌唱大賽」，吸引了七千多人參加。那次電視歌唱比賽，分七輪淘汰、持續了半年，由民眾用手機簡訊，票選出最佳歌手。

其中一名參賽者諾洛克．巴布，他出身十分貧苦，父親在他九歲時離家出走，母親病重，他只好在火車上當乞丐四處乞討，來撫養弟弟、媽媽和阿嬤。

巴布很喜歡唱歌，他在火車上邊乞討、邊唱歌，很受民眾歡迎；也因此，他大膽地參加歌唱比賽，也天天繼續乞討、苦練。

經過半年的多次比賽，二十歲的巴布居然過關斬將，擊敗所有頗具實力的參賽者，而贏得了冠軍，也獲得相當五十萬元台幣的獎金，以及一輛轎車、一年的電視合約。

巴布唱歌奪冠的那一刻，他喜極而泣、熱淚盈眶，因爲他從沒想到，「窮人乞丐」竟然能擊敗職業歌手，也有出頭天的一刻。

人窮志不窮。
窮苦人家，只要有勇氣、有志氣，
再加上自己的才氣和努力，
依然有出人頭地的一天啊！

有句話說：**「天使不敢走的路，傻子一步跨過去。」**的確，有些人憑著信心與勇氣，勇敢地跨過天使不敢走的路。小乞丐，要上電視表演，敢不敢？很多人不敢！但，只要有實力、有勇氣，就會有榮耀！

所以，我們都要找到自我優勢與興趣，不斷爲自己創造機會，也要勇敢地把自己推銷出去。因爲，機會就在積極行動裡，也在不怕失敗的勇氣裡。

維珍航空集團創辦人布蘭森給年輕人的建言是：**「不要怕耍寶、出醜，否則無法存活。」**（Make a fool of yourself. Otherwise you won't survive.）

的確，人都必須腳踏實地，從卑微、基層做起，即使出醜、出糗，也沒有關係，畢竟那也是很好的人生經驗。

有人說：**「千秀萬秀，不如一做！」**真的，用心地做、踏實地做，才是最可靠的；只要親身參與、積極地實踐，就會有好運等著我們啊！

也因此，**人要像猴子一樣，靈巧地跳在巨象的背上；不要像螞蟻，辛苦卻不靈活，而被踩在腳下！**

YES **好人才的成功信念**

- **實處著腳，穩處下手。**
- **找出最強的自我優勢，秀出最棒的自己。**
- **把事情「做大」，不如「做好」。**

31

成功，是要用生命來交換的

- 人的生命，需要「御風而上、展翅飛翔」。
- 不埋怨、不哭泣；站起來、走出去。

飛翔

我去過峇里島玩，那裡的拖曳傘是將整個人從海中拖起、慢慢升空，然後在空中巡曳了一大圈之後，再將人「墜入海中」。哇，被墜下海的人，全身都溼透了！有些人原本不敢玩拖曳傘，可是玩過之後，最懷念的，就是那種「御風而上、迎風飛翔」的感覺。

其實，**人的生命也是一樣，需要「御風而上、展翅飛翔」！**

我們不能一直走在陸地上，因爲，那樣的視野是平淡的；即使是開著車，在地上疾駛，也沒有「遼闊寬廣、居高臨下」的感覺呀！

人，就是要站在高峰、騰在空中，才能感受美妙的滋味！

最近報載，一位四十六歲的翟姓婦人，早年喪夫，卻有三個孩子要撫養；可是，沒有錢怎麼辦？她只好硬著頭皮，到匯豐銀行信用卡中心應徵業務員。

可是，主管看到她，皺起眉頭，心想：「她年紀這麼大了，怎麼錄用？」不過，後來主管轉個念，覺得翟小姐年紀雖大，但她態度誠懇，也急需要錢，一定會珍惜這個工作機會，所以就破例錄用她。

上班後，翟小姐每天從早上九點到晚上九點，拚命工作，也天天眞誠對待客戶、解決客戶問題，如今，五十二歲的她，已經是該銀行信用卡中心最頂尖的「超級業務員」了。而且，她也陸續還清過去所有債務，更買了一棟房子，可以快樂地和孩子們過年了。

飛翔、飛翔！人生就是要御風而上、展翅飛翔！即使四十六歲才轉業、就業，只要有心，五十二歲也可以成爲頂尖的業務員。

「成功，是要用生命來交換的！」
想要突破困境，就必須以積極的行動來戰勝挫折。

有一天，我到一所大學演講，結束後，該校學生會總幹事送我回到車上；在途中，這帥帥的學生對我說：「戴老師，我要謝謝您，因爲，您是我最崇拜的老師，您的書一直鼓勵我、教我成長……」

「噢？怎麼說呢？」

「戴老師，您在書上說，『只要開口，就有機會』『只要站出來，就是自我挑戰』……」這學生看著我，笑笑地對我說：「所以我就勇敢出來競選學生會總幹事，後來就選上了！」

「哇，你眞是太棒了！」我心裡眞是爲他感到高興。

所以，「抱怨沒有用，一切靠自己。」

「不埋怨、不哭泣；找機會、站起來、走出去」，只要認眞地用生命來經營自己，每個人都可以御風而上、乘風飛翔！

YES

好人才的成功信念

- 夢想不是年輕人的專利，也不該成為遺憾。
- 耐心、專心與信心，是一個人成功之鑰。
- 用辛苦交換而獲得的成果，最快樂。

32

心中有岸，就不會漂泊

心境苦，則萬般皆苦。

幸福的想法，帶來幸福的人生。

自律

有一則球鞋的廣告詞說——「路，只有一條，叫做跑下去！」這句廣告詞太有意思了！的確，人生眞正的道路，不是腳下的石子路或柏油路，而是自己內心中無限延伸、無限寬廣、無限璀璨的路——這條路，名字叫做「勇敢跑下去」。

很多讀者會寫信或在網站上留言給我，說自己學歷不好，不知道該不該再進修，還是繼續目前「食之無味、棄之可惜」的工作？

其實，**「知識就是力量」**、**「知識就是優勢」**。

很多人總覺得「知識無用」、「學歷無用」；可是，在不斷求學、進修、學習的過程當中，人就可以繼續成長，並認識更好的朋友、師長。

所以，每個人都要學習「放空自己」，才能找到更多的東西、裝入更多的知識和人脈。

如果自己不再學習，或只是一直塡滿著過去的舊有東西，就無法再吸收新的知識與智慧。

「心境苦，則萬般皆苦！」
只有突破自己，才是光榮勝利的贏家。

很多人都認爲，生活很苦悶，再進修，豈不是更苦？可是，在面臨人生關卡時，人必須展現出「勇氣和智慧」啊！

我認識一位年輕人，五專畢業，拿著父親生前遺留下來的錢，到美國遊學。半年過去了，是唸了一些語文，可是他想，還要插班大學，以後還要唸研究所，好苦噢！那還要花多少時間哪？所以，他放棄了，行李也托運回來了！回到台灣，依然是五專的學歷，還需要親友幫忙找工作。

很多人在面臨生命瓶頸時，總是無法堅持、也不願突破。殊不知，要「乘長風、破萬里浪」是需要多大的勇氣和毅力啊！如果，天天自怨自艾、沉溺於自我設限的苦，也埋怨心靈煎熬、生活沒目標，則「心境苦，一切都將是苦的！」

人的一生，「笑與淚，都動人啊！」

生命，是由無數的抉擇所組成，然而，只要「心中有岸，就不會漂泊」。

只要心中有既定的目標、有堅定的信心，即使途中有大風大浪，也一定能到達成功的彼岸！

因爲，**「自律」與「毅力」是一個成功者極重要的特質。**

自律，是遵守紀律、磨練自己；

毅力，則是堅持到底、咬緊牙關、絕不放棄！

YES 好人才的成功信念

- **知識，就是力量與優勢。**
- **成功的事都非偶然，而是堅定意志的成果。**
- **在我們跌倒的地方，就蘊藏著寶藏。**

33

人窮怕志短，人富怕自大

- 人再怎麼貧窮，也都要自信、樂觀。
- 我們都要「做自己生命的啦啦隊」。

責任

美國紐澤西州有個女孩，在姨媽過世的半年後，突然收到姨媽寄來的一張生日賀卡！天哪，這是怎麼回事？……怎麼姨媽已經死了，還會寄親筆的生日卡？……眞是令人毛骨悚然呀！

原來，是她們當地的一名郵差，覺得每天送的信件太多，居然異想天開，把不願送的信件，都丟棄在儲藏室裡；有時，還拆開郵件包裹，把裡面的東西送給親友。

您知道嗎？這個二十八歲名叫克拉克的郵差，居然有三年的時間，連續把五萬多封的郵件藏起來，以致當地近千戶的居民都收不到信。後來，克拉克被上級查獲，依「盜竊郵件罪」，被判處五年徒刑和一千美元的罰款。而五萬多封早就過時的信件，才陸續地送到收件人手中。

「郵差」懶惰、不負責任，把信件丟了；可是，「郵票」本身，可是十分認眞負責喲！當郵票被貼在信封上時，就把「自己和任務」緊密結合在一起；雖可能經千里之遙，但它絕不落跑，直到抵達目的地爲止，才卸下它的責任擔子。

人，都要學習郵票，儘管被蓋滿了戳章、身上滿是傷痕，但為了榮譽與責任，都不能懈怠，必須勇敢完成任務，才能歇息。

有人說：「**人窮怕志短，人富怕自大！**」

的確，人在窮時，就怕沒有志向，隨隨便便，到處偷、搶、騙、詐……可是，人不能怕窮，要「窮中立志」；人不能怕苦，要「苦中進取」呀！

人，再怎麼貧窮、卑微，也都要自信、樂觀，出門走路時，也都要打起精神，抬頭挺胸、昂首闊步啊！

眞的，「自信勝過知識！」——人的「自信、榮譽、責任」，勝過一切課本上的理論和知識。

所以，每個人都要「秀出最佳、最棒的自己」，來創造出自己生命的奇蹟，絕不能讓生命太隨便、太馬虎、太迷糊。

「勇敢，是生命的力量；實踐，是成功的開端！」

不管生命中有多少挫折或意外，我們都要「做自己生命的啦啦隊」，勇敢地向自己挑戰，讓自己的生命更有意義、更加光彩。

其實，如果「每天都能進步百分之五」，那不知道有多好？

「百分之五」，看似簡單，但實際上並不容易；就像一家公司，每個月的業績若都能成長百分之五，則十四個月之後，就能成長一倍呀！

所以，**如果我們「每天都能進步百分之五」，持之以恆、努力不懈，不久後，就必將有了不起的成就啊！**

YES

好人才的成功信念

- 用心實踐，是成功的開端。
- 只有「貧窮」是不勞而獲的東西。——莎士比亞
- 一個人如何思考與行動，就變成什麼樣的人。

34

勇敢奮鬥，沒有人會窮苦一輩子

● 挫折，也是另一個活力的起點。

● 人要靠著專業知識來「脫貧」。

專業

在阿根廷，自二〇〇一年經濟危機後，出現了一個特殊的群體，叫做「垃圾工人」；他們每天晚上在大街小巷翻撿大樓出清的垃圾，直到清晨。

您可別小看這些垃圾哦，清潔工人撿來的「戰利品」之中，有許多是很不錯的家具，甚至是藝術品喲！

後來，有人幫「垃圾工人」架設網站，也把收集來的垃圾物品清洗乾淨、整理，最後搖身一變成爲「展覽場上的藝術品」，而上網公開拍賣。

就這樣，被人丟棄的垃圾變成「精品」，垃圾工人也賺了大錢，而走出貧窮的命運。

眞的，**「貧窮不可恥，人最怕的是墮落喪志。」**

事實上，「人生路，自己走！」

雖然，「悲傷，是生命的一部分」，但，每個人都要靠自己走出悲傷和貧困。因爲，假若自己不學習、不努力，只有埋怨，那麼生命將會是永遠悲情、無助。

所以，我們都要積極努力，用專業奮鬥來打敗貧窮、活出希望。而且，我也相信——

「只要勇於奮鬥，沒有人會窮苦一輩子！」
「只要走出絕望，就有希望！」
「挫折，也是另一個活力的起點！」

曾聽過一則小故事：

有一位經驗豐富的專業電腦工程師，被一家公司邀請，去解決一個棘手的難題。

他在會議室了解問題癥結後，立即拿出一支粉筆，在黑板上點出根本問題所在；在經過解釋和說明後，該公司的問題就解決了。

後來，電腦工程師寄了一張「帳單」給公司，上面要求五十萬元的酬勞。

為什麼這麼貴呢？這位電腦工程師說：「依照我的專業知識，知道貴公司的問題所在，我提出五十萬元的酬勞，但可以幫貴公司免去虧損三、四百萬元，這樣不是很值得嗎？」

真的，人就是要靠著專業知識和經驗來「脫貧」，該拿的專業酬勞，就要勇敢拿！

人不能空有學問，而清苦、貧窮一輩子呀！

您看，美國前總統柯林頓，受邀來台北演講一場，上場時間只有半小時，不就大大方方地拿走了「八百萬元台幣」的酬勞？

YES 好人才的成功信念

- **失去金錢並不可怕，失去上進心才是可怕。**
- **準備好了，要出發了，最快樂！**
- **挫折，就是一個新活力的起點。**

35

當陽光照耀的時候，就該微笑！

- 我們的生命，都要在逆風中飛揚。
- 絕不能讓命運使自己屈服。

微笑

在大陸瀋陽，有一個「超級迷你人」，他二十歲，可是身高只有六十七公分，體重更只有五公斤。

有趣的是，這大玩具般的眞人，他的眞名就叫做「丁巨人」，因爲他剛出生時，只有兩公斤，他父親期待他將來可以長得又高又壯，所以特別取名爲「巨人」，不料二十年來，他只長到六十七公分。

雖然丁巨人個子小，卻沒有阻止他學習的決心。他經常參加舞台和電視節目的演出，也會雜技、武術和魔術表演；正因爲他是「亞洲最小的迷你人」，但說話時聲音卻響亮又神氣，所以觀衆都給他如雷的喝采。

在山西，也有一位三十六歲的張俊才，他身高長達兩百四十二公分，是「亞洲第一高人」；他住的房子屋頂，高三公尺，睡的床，長兩百五十公分。另外，他的腳掌長三十八公分，寬十八公分，所以鞋子都必須訂做，而且手掌很大，有如扇子一般。

有時，上帝可能是在打瞌睡，所以一不小心，就把人造得如此嬌小；或是，把人造得那麼高大、雄偉！

也有時，上帝忘了幫女人裝上「子宮」，甚至，也忘了幫孩子裝上「肛門」，而使幼兒成為無肛症的患者……

眞的，上帝無法周全地讓每個人都享有公平的對待，所以，世間的人，有美、有醜、有病痛、有殘缺、有聾啞、有眼盲……可是，人該怎麼辦呢？

報載，淡江大學有一女生林玉娟，在「九二一大地震」時，被壓在瓦礫堆下，而失去了一條腿；可是，當她重生地在校園裡上課時，她燦爛的笑容、可愛的虎牙，彷彿不帶有一絲陰影和哀傷。

她說：**「當陽光照耀的時候，就該微笑！」**

這句話，帶給我無限的感動。

我們的生命，都必須在逆風中飛揚！
即使有苦難，我們都不能「拒絕自己、放棄自己」。

有時，我們有悲痛，躲在牆角裡哭泣；但，別忘了，「當陽光照耀時，

我們就該微笑，用一身的朝氣，迎向陽光！」

就像貝多芬所說：**「我要扼住命運的咽喉，絕不能讓命運使我屈服。」**

邱吉爾說：「在每個困難裡，都能看到機會。」

在困難中，看似困難重重，都是絕境；但，只要心念一轉、微笑一下，就可能看到一絲的機會。

所以，「微笑，是飛起來的翅膀！」

改變一下自己的觀念與姿勢，可能整個世界就會改變了。

YES

好人才的成功信念

- 用一身的微笑與朝氣，迎向陽光。
- 在每個困難裡，都能看到機會。
- 微笑，是飛起來的翅膀。

PART 5

專注，才能成就大事

沒有魔法，只有基本功

平凡的你，也能成就非凡

「物競天擇，適者生存」，
這句話原本指生物界的自然演進現象，
但這句話應用在我們人的社會，
也是很適合的。
沒實力、沒專業技能，
只是華而不實，終將被淘汰。
唯有專心、專注做好一件事，
才能成就大事。

To your success

36

別躺在功勞簿上睡大覺

- 彩虹之美，在於多色並存；人生之美，在於多人共榮。
- 自大、自傲的人，就會走進自掘的陷阱裡。

謙卑

國際名導演李安，因拍出「臥虎藏龍」「斷背山」「少年PI的奇幻漂流」等電影，獲得極佳票房與讚譽，但他在接受記者訪問時曾說，他每天都「帶著危機感在拍片」。

為什麼？因為他已經是國際知名的大導演，但假如他在拍一部新片子時，不夠用心、馬馬虎虎、隨隨便便，最後觀眾評價不高，甚至票房不佳，則他好不容易累積的英名，就可能毀於一旦。

所以他說，**他每天拍片時都「戰戰兢兢、小心翼翼」，不容自己有絲毫的「疏忽、大意」**。

其實，人需要多謙卑、多觀察、多思索、多比較、多帶著危機意識，才會進步。

我在出國旅行時，常會從飛機上看到別的國家的進步。

例如：日本在海上填土造地，蓋出一個大阪關西國際機場來；韓國仁川，從飛機上俯看，也看到他們填土造地，向老天多要些土地，多蓋出一個港口來。

而以清潔、乾淨聞名的新加坡，也在小島上，蓋出世界第一個「無機垃圾掩埋廠」。在這座島上，因綠化十分徹底，所以聞不到一點垃圾臭味，讓人有如置身於風光明媚的渡假小島之中。

想想，台灣雖然是個寶島，但比起其他進步國家，我們顯然緩慢許多，也還有許多改善的空間。

一個人絕不能太過驕傲、自滿或自大，
更不能「躺在功勞簿上睡大覺」，
因為，過去的成功，並不代表未來一定會成功。

以前台灣是有錢的，所以曾說，「台灣錢，淹腳目。」可是現在呢，到處是失業人口，物價高，房價更高；年輕人薪水低，日子過不下去、自殺的人也愈來愈多，我們怎能不警惕呢？

事實上，我絕不是「長他人志氣，來滅自己威風」，我只是有感於一位長輩曾告誡我說：**「好話雖然好聽、動聽，但壞話、醜話也要聽得進去，**

且放在心裡。」

眞的，我們若只想聽好話，卻排斥對自己不利的壞話、建言或諍言，那麼，很可能會陷入自欺欺人的假象啊！

一個自滿、自大、自傲的人，就會走進自掘的陷阱裡呀！

因此，有人說：**「彩虹之美，在於多色並存；人生之美，在於多人共榮！」**

我喜歡旅行，看看世界各國的進步和眞善美，也期許自己多看到自我缺點，也多學習他人進步之美！

YES

好人才的成功信念

- 人最怕驕傲、得意忘形——「好了瘡疤忘了疼」。
- 毛毛躁躁、一心兩用、做事不專心，只會使自己事倍功半。
- 帶著危機感，小心翼翼努力向前，才能成就自己。

37

捲起袖子，從自己開始做起

- 經濟不景氣，淘汰不爭氣。
- 專注做好一件事，才能成就大事。

專注

西諺說：「天不會下黃金雨，地也不會結金蘋果；就像一棵樹，除非在春天開花，否則就不會在秋天見到豐碩的果實。」

人生走到一段路之後，自己總要驗收成果，到底我們是否有用心學習、全力付出？有人出類拔萃，成爲教育家、音樂家、藝術家；有人頂尖傑出，事業有成，成爲企業家、大老闆……每個人都需要找到「適當的位置，發揮所長」啊！

所以，人必須選擇一條路，好好地堅持走下去，不能朝三暮四、虎頭蛇尾，免得在「驗收成果」時，成績太丟臉、太難看、太對不起自己。

其實，人只要有一顆「熱烈渴望的心」，不停地追逐自己的夢想，就能使自己一直「往上走、往上衝」！

人的將來，是要「往上」、還是「往下」，都是在自己的一念之間。

有個女孩說，她曾告訴爺爺她書唸得不好、被當，所以在專科學校要多唸三個月才能畢業。不料，爺爺安慰她說：「沒關係啊，不會唸書，就做不會唸書人的事啊！」

「不會唸書」並不是什麼可恥的事，
「沒有目標、漫不經心、遊手好閒」，才是最可悲的啊！

亞都麗緻飯店總裁嚴長壽，以高中學歷、從送電報的小弟幹起，五年內坐上總經理寶座，豈不給我們無限憧憬和激勵？許多大公司的「總經理、總裁」，也都是從洗廁所、刷馬桶、擦桌子、站櫃台幹起的呀！

所以，**「沒有事情可以難得倒我們，有的話，就只有自己的心。」**

曾有老師分享成功的「4P法則」給我們，個人覺得滿受用的——

1. Pencil and paper：一枝筆、一張紙，也就是提醒我們要「常記錄」。
2. Positive thinking：積極正面的思想，愈戰愈勇，永不放棄。
3. Potential development：開發自我潛能，別讓自己的能力、才華沉睡不醒。
4. Perform immediately：立刻行動、馬上去做，絕不「只說不做、浪費生命。」

中國近代的譯學家嚴復，翻譯十九世紀英國生物學家赫胥黎所著的《天演論》（Evolution），其中一段「Natural Selection, or Survival of the Fittest」，嚴復譯為**「物競天擇，適者生存」**。

「物競天擇，適者生存」，這句話原本是指生物界的自然演進的現象，但，這句話應用在我們人的社會，也是很適合的。

物競天擇，不適者，就會被淘汰。

所以，「經濟不景氣，淘汰不爭氣」，也是真實與殘酷啊！

YES

好人才的成功信念

- **沒實力、沒專業技能，只是華而不實，終將被淘汰。**
- **專心、專注做好一件事，才能成就大事。**
- **「認同＋熱情」，捲起袖子，從自己開始做起吧！**

38

像老鷹展翅高飛，用銳眼獵物

- 要成為翱翔天際的老鷹，傲視群倫。
- 要儘可能地去「挖別人的寶藏」。

選擇

曾聽過一則「鴨子與老鷹」的故事：

鴨子，是群居的動物，牠們生長在水塘裡，所以每天都在水中游泳，也在岸邊慢慢走、呱呱叫。而且，鴨子都是跟同伴生活在一起，大夥兒每天搖著屁股這裡走走、那邊游游，整天呱啦呱啦，聲音滿吵的；可是，牠們就是「飛不高」。

相反的，老鷹從不浪費時間在和同伴聊天，也不呱啦亂叫。牠，展翅高飛、不斷冒險、不斷在高山峻嶺中翱翔；而且，睜大銳利的眼睛，積極找尋地上的獵物。

我告訴自己——我不要成爲「鴨子」，我不要整天待在池塘裡，只會一大群呱呱叫，最後「任人宰割」。

我，一定要成爲那展翅飛翔的「老鷹」——要振翅高飛、要翱翔天際、要成就非凡、要實現亮麗自我！

每次奧運會一結束，就會有許多各國運動選手不斷地接受歡呼、喝采、慶祝豐收。儘管各項比賽的得獎選手，走過的路各有不同，但他們卻同樣走過一條「滿佈荊棘」的路——一條「自我要求、滲透心血、顛困無比」的道路。

我們不要成爲平凡的「鴨子」，
我們都要勇敢地成爲一隻翱翔天際的「老鷹」，
要不斷冒險、騰空飛翔、傲視群倫、嶄露頭角啊！

曾經有位老師告誡我們：**「大多數的人都是殺時間，而不是在運用時間。」**

哇，這句話眞是令人引以爲戒！我們都要充分利用寶貴時間，而不能浪費時間啊！

因此，我不喜歡到處吃喝應酬、上網聊天，也不喜歡經常和朋友聚會閒聊、串門子；我喜歡聽演講、閱讀、運動，也儘可能地去「挖別人的寶藏」，希望有一天，讓自己更有智慧，能出人頭地，而更加不凡。

因爲，我們要當翱翔天際的老鷹，而不要成爲平凡的鴨子。

曾看過一張海報，上面分別畫著一個蠶繭、一隻毛毛蟲，以及一隻多彩艷麗的蝴蝶。

底下印著一行文字，寫著：

「同樣是過一生，你願意當哪一種？

一個蠶繭？一隻毛毛蟲？還是美麗飛上枝頭的蝴蝶？——自己選擇！」

的確，自己的「生命風景」，必須由自己選擇！

YES 好人才的成功信念

- 充分利用一個今天，勝過兩個明天。
- 不要怕碰壁，只怕你不敢走出去。
- 不要殺時間，要充分利用寶貴的時間。

39

要記得備妥「過冬存糧」哦！

● 人若不突破，就會像一個逐漸發霉的蛋糕。

● 要出去找機會，而不是等機會上門。

突破

記得曾經看過一部電影，片名和劇情我都忘了，只記得其中的一句對話：「只有小人物，才會一成不變地過日子！」

這句對話，簡單易懂、發人省思，也一直在劇中重複出現。

的確，只有小人物才會「不去創新、不去突破、不去改變」，而讓自己每天過著一成不變的日子！

很多人的日子很乏味，日復一日，沒有變化，甚至令人覺得有點行屍走肉。可是，在不景氣中，我們更應該「勇敢出去找機會，而不是等機會上門」啊！

機會，是不會自己上門的，必須我們自己打開門，勇敢走出去尋找。同時，我們也必須不停地再進修、再學習，才會學到更多的技能和籌碼，去找到更好的工作。

籃球大帝麥可．喬丹說：**「我能接受失敗，但無法接受什麼都不做！」**

是的，一個人若不改變、不突破，什麼都不做，生命就會像一個「過期、逐漸發霉的蛋糕」，沒有人敢去吃它。

一個人，如果只把自己的「心願和夢想」深藏在心裡，卻不去「實踐」，那就會原地踏步、一事無成。

所以，成功不是靠「夢想」，而是靠「實踐」。
成功不是「等待機會」，而是「出去找機會」！

說眞的，我自己經常也有「危機意識」，因爲我自己沒有工作，唯一的工作就是「寫作、演講」；可是，自己的寫作生命會有多長呢？

現在，年輕一輩的作家不斷出現，藝人、政治人物、企業家的書，還有，減肥瘦身的書、賺錢致富的書，也一本本地上市，誰知道自己寫作的好光景能維持多久？

同時，現在網路發達，年輕人上網獲得資訊很容易，所以，購買書籍閱讀的人口愈來愈少，書店也一家家地關門，出版社結束營業的也愈來愈多，這也是我的危機意識啊！

因此，**「覺醒、多才，才不會滅絕，才不會被淘汰！」**

張忠謀先生說：「我最大的財富是學習。」

他也提醒年輕學子——「沒創意的創業，不會成功；有創意，就算沒創業，在公司裡也會成功。」

所以，**「教育，是一生中最好的投資！」**

只要能充實自己、有好創意、勇敢創造機會，就會讓一隻小小的「麻雀」，變成一隻翱翔天際的「雄鷹」啊！

YES 好人才的成功信念

- 人生最大的財富是學習，來啟動競爭力。
- 給孩子智慧與機會，比給錢更重要。
- 人要有危機意識，要備妥「過冬存糧」使用。

40

敵人不是別人，而是自己恐懼的心

- 一小時的實踐，勝過二十四小時的空想。
- 踏出腳步，就可以跨越圍牆和障礙。

希望

人生途中，會遇到許多「牆」，不管是有形的、或無形的。

人生途中，也會碰到許多「障礙」，它可能是有形的、也可能是無形的。

障礙，可能使我們「更精進」，但也可能「將我們擊垮」！

有一個小男孩，穿著新買的冰刀鞋，跟一大群人在冰宮裡滑冰；他，是初學者，抓不住重心，所以一再地失足滑倒。

有個大人看這小男孩摔倒那麼多次，忍不住勸他：「小朋友，你已經摔得鼻青臉腫，我看，你不要再滑了，你長大後再來學嘛！」

小男孩看著對他說話的大人，再看看腳上穿著的新冰刀鞋，掛著兩行眼淚說：**「我買這雙冰刀鞋，不是讓我『放棄學滑冰』的，而是用來『學會滑冰』的！」**

您知道嗎，人生快樂的要素有三：

一、有事可做；二、有對象可愛；三、有希望可存！

的確，人活著，就希望——
有彩虹可以期待，
有好歌可以歡唱，
就像種樹的人，他種了「希望」。

當小男孩新買了冰刀鞋時，事實上，他買的是一個「希望」。而他在面對一道牆、一個障礙時，他不願爲自己找藉口，只爲自己「找方法、找堅持、找成功之道」。

成功的人，只不過是「有不平凡的決心」罷了。
只要有決心，立刻去做，
「一小時的實踐，勝過二十四小時的空想」啊！

或許，有一天，我們將會發現，原本是如此害怕的事，一旦開始去做，竟然不是那麼困難、不是那麼可怕。

敵人，不是別人，而是「自己恐懼的心」。

只要克服恐懼，懷抱希望，踏出腳步，就可以跨越圍牆和障礙，迎向勝利！

所以，只要是有興趣的事、想做的事，就要一直追尋下去。股神巴菲特鼓勵年輕人，要開發工作的熱情，也要「找到會讓你跳著舞去上班的工作。」

當然，這是一件不容易的事！不過，就像是種樹的人，他種了一個「希望」；懷抱熱情工作的年輕人，對未來也是歡喜地期待「渴望成真」。

YES

好人才的成功信念

- 要化解憂愁與恐懼，工作比威士忌更有效。
- 開始動手去做，就等於成功八成了。
- 找到會讓你跳著舞去上班的工作——樂在工作。

41

好口碑，就是最好的廣告

● 工作不只是要「做完」，還要「做完美」。

● 用心、敬業、不苟且，就會有非凡的成績。

口碑

41 好口碑，就是最好的廣告

有人說，成功的人和一般人最大的不同，就在於「積極態度」和「努力過人的程度」。

一個人的想法與做法，要設法突破、創新，也必須「Think big, think different!」，才能超越別人；同時，在遇見困難時，總是要想盡辦法克服，因爲，只要「轉個身、側著身」，窄巷也能走過去。

所以，**「世界有路，無限寬廣、暢通！」**

只要用心付出、積極努力，幸福就在轉彎處，成功也就在轉角處呀！

有一次，我到一家大公司演講，一到現場，才知道兩百多人的演講，要擠在一間會議廳裡進行；而這橢圓形的會議廳是適合開會的，每人座位上都有固定的發言「麥克風」，卻不能移動。

想想看，一個演講人，被限制只能「坐著演講」？要站、要走動，卻沒有手拿麥克風，這樣如何演講？

女承辦人趕緊找來夾帶型「小蜜蜂」麥克風給我，而音箱呢，只有「手掌大」的小擴音器！天哪，如此迷你小音箱的聲音，如何讓全場人聽到？

但也沒辦法，承辦人說，找不到更好的音響設備了。

可是，怎麼事前沒做好準備？沒有設想周到？要主講老師用一個小音箱，對兩百多人演講，效果可想而知。天呀，這場演講眞是痛苦啊！

其實，一個人認眞工作，是爲了自己；敬業，也是爲了自己。如果在職場上的態度是「敷衍」、「隨便」、「能應付就好」，那眞是太可惜，也太對不起自己了！

所以，「態度對了，幸福就來了！」
我們要用積極、認眞、敬業的態度，
來打敗不景氣啊！

我一直認爲——「工作，就是信仰。」

一個人有「親和力、行銷力、執行力和創造力」，才能將本身的工作做好啊！

而且，一個人不只是要把工作「做完」，還要「做完美」，做出「好口碑」。因為，一個人的好口碑，就是最好的廣告啊！

好口碑的美善種子，永遠有萌發的潛力。

所以，**「在用心的地方，就會看見笑！」**

如果不用心、不敬業、敷衍苟且，即使工作上「很會混、很會摸魚」，將來吃虧的還是自己；裁員的對象，也很可能是自己呀！

因此，一個人**「只要把平凡的事做得徹底，就會有非凡的成績」**。

YES

好人才的成功信念

- **「不將就，要講究」——用心把事情做到完美。**
- **自信熱情、用心細心，就是職場贏家。**
- **在用心的地方，就會看見笑。**

42

認真態度，成就美麗人生

- 愈嚴格的老師，教導我們愈多。
- 人若寬鬆對待自己，正顯示自己的無知。

認真

有一群遊客，到杭州西湖去遊船。西湖，真的很美，充滿著典雅的詩情畫意。當船兒在湖中划行時，卻天公不作美，下起雨來了；小雨一滴一滴地打在身上，唉，真是掃興呀！

有些遊客只好拿出傘來，也不停地嘀咕：「真是倒楣，難得一次到西湖來，卻遇上下雨，真無趣！」

可是，划船的船夫却笑嘻嘻地說：「你們這一船的遊客真是幸運啊！你們知道嗎，細雨中的西湖最美、最漂亮、最有詩意了，你們卻碰上了，多好啊！」

真的，大太陽、熱得要死的西湖，有什麼好看？下著細雨，有點朦朧的美感、雲霧繚繞，才是西湖最美的景致呀！

有時，我們覺得自己是贏的，沒想到後來卻是輸了。當老師要求寫作業時，很多學生就開始討價還價，要求作業愈少愈好，甚至大家不用寫作業、不用考試，全都高分過關最好。

可是，當你畢業後，你會發現——

「愈嚴格的老師，教導我們愈多！」
「愈輕鬆、愈不用寫作業的老師，其實最混，什麼都沒學到！」

所有回憶最美之處，都在於克服壓力的過程之中。想想，到阿里山看日出，好美哦！可是，想看日出，就必須忍受一大早從溫暖的被窩裡爬起來。不能再貪睡了，再冷，也要勇敢爬起來。

戴著帽子、穿著厚衣，摸黑去趕搭小火車；坐著小火車，經過烏黑的樹林、鐵橋，才能在日出之前趕到山頂，去等待黎明曙光的來臨。不起床、想賴床，是絕對看不到耀眼的萬丈光芒呀！

作業少一點、工作少一點，輕鬆一點，是幸福嗎？未必！

老師嚴格一點、報告多做一點，是吃虧嗎？也未必！

西洋諺語說：**「不是因為困難，所以我們不做；而是因為我們不做，所以事情變得困難。」**

人若寬鬆對待自己，正顯示自己的無知。我們若能謙卑一點，「少埋怨、多閉嘴、勤快做」，就能多學習到許多知識，老闆也就會更器重我們。

以前，《商業周刊》曾訪問宏碁集團總經理——義大利籍的蘭奇，如何在歐洲將宏碁推廣得十分成功？蘭奇說，宏碁在歐洲的成功，「No magic, just basic!」（沒有魔法，只有基本功！）

一個人或集團的成功，哪能靠什麼「魔法」呢？如果「基本功」不好、員工服務態度不好、執行人員行銷管道不好，或是公司經營方針不正確，即使有再多的「魔法」，也無濟於事啊！

YES 好人才的成功信念

- 做與不做，決定你的今日與明日。
- 夢想不會逃走，逃走的往往是自己。
- 認真把事做好，就能成就「我的美麗人生」。

43

看人長處、幫人難處、記人好處

● 用「笑與豁達」，來挑戰病魔的折磨。

● 凡事感恩、感謝、讚美。

正念

報載，林口長庚兒童醫院一連發現兩例「新生兒類早老症」，在不明病因下，病童出現甲狀腺、生長腺素低下等症候群。

這些兒童「臉部滿佈皺紋」，有如「小老頭」一般，身體青筋暴露，一層薄皮黏著骨頭，任憑父母如何以營養品餵食，都骨瘦如柴，只剩炯炯有神的眼睛，張望著這個無法救助他的世界。

根據醫院指出，這種「早老症」的小孩，五歲時，看起來像五、六十歲的身軀，會「掉牙、中風、重聽」；活到七、八歲時，就像個垂垂老翁，生命隨時都會劃上句點；而看在父母的眼中，只有「心痛與無助」。

也有一位義工到醫院探視一位「骨癌末期的病人」。病人躺在床上，他的頭上、背上、腳上都長了很多顆腫瘤，無時無刻不在痛，所以病人只好不停地變換姿勢；但每換一次姿勢，又都是折磨與疼痛。

這病人說，不停地變換姿勢，是要讓身體不同的區域「輪流痛」。

後來，談到如何「忍痛」時，他說：「痛苦是一種曲線，痛到最高點之後，會緩緩下降。」他就是抓住這痛苦的爬升期，突然用力換姿勢，讓痛苦迅速達到頂點，而在劇痛逐漸減緩時，他才能獲得短暫的舒緩。

而這樣的日子，他已在醫院度過快兩百天了。他對義工說：「我笑的時候，就表示我在劇痛！」

天哪，這是多麼可憐、無奈與豁達——「我笑，是因為我痛！」如此劇痛，居然用「笑」來挑戰病魔的折磨！

看到這些病痛的人，眞是覺得自己十分幸運：身體沒有病魔折磨，也可以自由自在、快樂的去追尋自己的理想。

此時，我想起一句話：**「看人長處、幫人難處、記人好處。」**也就是說——

「多看別人的優點、多幫忙別人的困難，也常懷感恩之心，記得別人的好。」

曾經看過下列的一段話，我很喜歡：

一點陽光，一點雨；
一點損失，一點得。
一點快樂，一點苦；
一把蘆葦，一朵花。
晴朗與陰雨，總是好配搭。
但願常住「感恩街」上，爲自己所擁有的，
向父母、親友、師長、上蒼……獻上眞心的感謝！

好人才的成功信念

- 只看我們所擁有的，不看我們所沒有的。
- 為自己所擁有的，獻上真心感謝。
- 有錢人不一定快樂，「感恩、行善、利他」，最快樂！

The power rich your life

國家圖書館出版品預行編目資料

我不是天才，我是好人才：43 則小故事，
積極主動、勇敢出擊，C 咖也能變 A 咖！
/ 戴晨志著. -- 二版. -- 臺中市：
晨星, 2020.05
面； 公分. --（勁草生活 ; 474）

ISBN 978-986-443-999-7（平裝）

863.55　　　　109003854

勁草生活 474

我不是天才，我是好人才：

43 則小故事，積極主動、勇敢出擊，C 咖也能變 A 咖！

作者	戴晨志
編輯	徐淑雯、邱韻臻
校對	戴晨志、徐淑雯
美術編輯	張蘊方
版型設計	許芷婷
封面設計	李建國工作室
創辦人	陳銘民
發行所	晨星出版有限公司 台中市 407 工業區 30 路 1 號 TEL:(04)2359-5820　FAX:(04)2355-0581 E-mail:service@morningstar.com.tw http://www.morningstar.com.tw 行政院新聞局局版台業字第 2500 號
法律顧問	陳思成律師
初版	西元 2015 年 09 月 15 日
二版	西元 2020 年 05 月 01 日
總經銷	知己圖書股份有限公司 106 台北市大安區辛亥路一段 30 號 9 樓 TEL：02-23672044 / 23672047　FAX：02-23635741 407 台中市西屯區工業 30 路 1 號 1 樓 TEL：04-23595819　FAX：04-23595493 E-mail：service@morningstar.com.tw 網路書店 http://www.morningstar.com.tw
訂購專線	02-23672044
郵政劃撥	15060393（知己圖書股份有限公司）
印刷	上好印刷股份有限公司

歡迎掃描 QR CODE
填線上回函

定價 350 元
ISBN 978-986-443-999-7

Published by Morning Star Publishing Inc.
Printed in Taiwan.

◆讀者回函卡◆

書名：我不是天才，我是好人才

姓名：________________

性別：□男　□女　生日：　/　/

教育程度：________________

職業：□學生　□公教人員　□服務業　□醫藥護理　□製造業　□電子資訊　□企業主管

□軍警消　□文化 / 媒體　□主婦　□農林漁牧　□自由業　□作家　□其他

E-mail：________________

聯絡電話：________________

聯絡地址：□□□________________

· 誘使您購買此書的原因？

□ 於 ________書店尋找新知時　□ 看 ________報 / 雜誌時瞄到

□ ________電台 DJ 熱情推薦　□ 親朋好友拍胸脯保證　□ 受海報或文案吸引

□ 電子報或晨星勵志館部落格 / 粉絲頁　□ 看 ________部落格版主推薦

□ 其他編輯萬萬想不到的過程：________________

· 您覺得本書在哪些規劃上還需要加強或是改進呢？

□ 封面設計　□ 版面編排　□ 字體大小　□ 內容

□ 文 / 譯筆　□ 其他

· 美好的事物、聲音或影像都很吸引人，但究竟是怎樣的書最能吸引您呢？

□ 價格殺紅眼的書　□ 內容符合需求　□ 贈品大碗又滿意　□ 我誓死效忠此作者

□ 晨星出版，必屬佳作！　□ 千里相逢，即是有緣　□ 其他原因，請務必告訴我們！

____

· 請寫下閱讀本書的心得、建議或想對戴老師說的話：

____

____

____

____

____

____

____

____

晨星出版有限公司 編輯群，感謝您！

請填妥對折裝訂，直接投郵即可，免貼郵票

廣告回函
台灣中區郵政管理局
登記證第 267 號
免貼郵票

407

台中市工業區 30 路 1 號

晨星出版有限公司

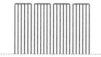

請沿虛線摺下裝訂，謝謝!

更方便的購書方式：

1 網站：http://www.morningstar.com.tw

2 郵政劃撥 帳號：15060393

戶名：知己圖書股份有限公司

請於通信欄中註明欲購買之書名及數量

3 電話訂購：如爲大量團購可直接撥客服專線洽詢

◎ 如需詳細書目可上網查詢或來電索取。

◎ 客服專線：02-23672044 傳眞：02-23635741

◎ 客戶信箱：service@morningstar.com.tw